Trost und Unrat

Michael Rudolf

Trost und Unrat

Polemiken Abrechnungen Grobheiten

Mit sieben Kapitelvignetten
von Ernst Kahl

VENTIL ▲ VERLAG

Michael Rudolf war unregelmäßiger *Titanic*- (»Aus den Kolonien«; 1990–1995) und regelmäßiger *junge Welt*-Kolumnist (»Im Krug zum grünen Kranze«; 1997–1998), leitete 1993–1995 mit Lissy Schmidt und Holger Sudau (†) die »GSG 9« (Geschützte Schreibwerkstatt Greiz) und arbeitete 128 Seiten lang als »Barbier von Bebra«. Er ist nunmehr »Biergegenpapst« (laut *Bild*) und schreibt für jede Menge Zeitungen und Zeitschriften. Was nicht in diesem Buch steht, kann man in ungefähr vierzehn anderen Büchern nachlesen. Zuletzt erschienen *1516 Biere. Der endgültige Atlas für die ganze Bierwelt* (Berlin 1999), *Chefarzt Dr. Fischer im Wechselbad der Gefühle. Ein Politpornothriller* (Berlin 2000), *Round About Jutesack. Yes: Yessongs* (Hannover 2001) und *Hexenei und Krötenstuhl. Ein wunderbarer Pilzführer* (Leipzig 2001).

1. Auflage April 2001
ISBN 3-930559-82-X

Lektorat: Gunther Weinell
Layout/Satz: Oliver Schmitt
Umschlag unter Verwendung eines
Bildes von Ernst Kahl
Druck: Gruner, Erlangen

VENTIL ▲ VERLAG
Büsser, Neumann, Schmitt, Weber, Weinell GbR
Augustinerstraße 18, 55116 Mainz
Fon: (06131) 2260-78, Fax: -79
mail@ventil-verlag.de, www.ventil-verlag.de

»Habe ich die Fresse von einem,
der hienieden irgendeine Aufgabe hat?«

Emile M. Cioran

Gewähltes

Das war nicht mehr mein Kevin!
Wenn der Boy plötzlich ins Kosovo muß

Zwischen der Nicole (19, *taz*-Redakteurin) und dem Martin (20, Türsteher) war es von Anfang an eine echte Knaller-Liebe. Jeden Tag Sex, und das schon seit zwei Jahren. »Ich bin total dauerscharf«, bekennt Martin. Nicole fand es auch total toll, bis dann die Einberufung kam. Ins Kosovo! »Ich hatte plötzlich einen Kloß im Hals. Dort geht es schon ein bißchen anders zu als in unserer Disco. Als wir neulich ein Massengrab bewachen mußten, das war total uncool. Die Albaner sind vollkommen strange drauf. Hey, die laden uns immer ein, Serbinnen und Roma-Mädchen zu vergewaltigen. Aber das ist mir noch zu heiß, ich muß mich erst mal an die Mentalität von den Negern gewöhnen. Wir gehen lieber mit unserem Spieß in den Puff von der Geli Beer, um unsere psychische Stabilität zu stärken. Da geht die Post ab. Und die Nicole hat dafür volles Verständnis. Na ja, der Druck ist eben immer da, besonders bei mir.« Die Nicole hofft trotzdem, daß die letzten drei Monate schnell rumgehen.

Rico B. (20, Automechaniker): »Eigentlich habe ich die Sandra immer geliebt, aber irgendwie hat mir beim Sex immer was gefehlt.« Dann die ersten Erfahrungen in der Kaserne im Kosovo. Ein echter Männerhaufen. Ganz unterschiedliche Typen, die irgendwie miteinander auskommen müssen. Ein Duschraum. Alle nackt. »Ich merkte plötzlich, daß mich nackte Männerhaut anmacht. Tja, und dann ist mir die Seife aus der Hand geflitscht. Aber unser Uffz.-Anwärter war total nett. ›Hey, der Typ steht unter meinem Schutz‹, meinte er zu den anderen. Am Abend gingen wir in Prizren was trinken, und danach …« Rico zuckt mit den Schultern, noch kann er nicht frei darüber reden. Was schade ist: Die hartgesottenen albanischen Waffenbrüder von der UÇK lachen heimlich über die beiden Unzertrennlichen, zeigen mit dem Finger auf sie. »Und die Sandra ist total sauer auf mich«, gesteht Rico.

»Früher war Kevin (19, Kraftfahrer) ein total sanfter Typ, und ich hatte sozusagen die Hosen an«, erzählt Moni (18, Arzthelferin). »Das hat sich beim Bund und besonders im Kosovo total geändert. Jetzt ist er total durchgescharpingt, spielt am Wochenende den Brutalo, will im Haus meiner Eltern mit ethnisch saubermachen helfen und schmiedet Hufeisenpläne. Im Bett faßt er mich auch ganz anders an. Schmutzige Worte wie ›Mein Joschka! Mein Joschka!‹ oder ›Mein Rudi! Mein Rudi!‹ soll ich ihm ins Ohr schreien und mir die Haare so stecken wie Kristina Gräfin Pilati-Borggreve! Das war nicht mehr mein Kevin. Als ich dann diese knorke Vergewaltigungsvideos fand, die sie vor ihrem Kosovo-Einsatz in der Kaserne gedreht haben, mußte ich ganz schön staunen. Ich hab's anfangs einfach nicht kapieren wollen, daß er nicht mehr so 'n Weichei ist. Aber jetzt treiben wir's noch toller und tabufreier.«

Kleine Glücksgeschichten, die der humanitäre Einsatz schreibt.

Partnerschaftsberater Holger Sudau (37) hört solche Geschichten tagein, tagaus. Doch nicht allen ist das Liebesglück hold, daher hat er auch immer ein paar tolle Tips auf Lager, wie man die lange Trennungszeit cool überbrücken kann. »Geht ER in den Kosovo, wird danach alles anders sein. Aber wer die Risiko-Faktoren vorher kennt und sich innerlich mobilisiert, kriegt garantiert keinen Liebes-Schock.« Den Girls, die daheim die Stellung halten, rät er: »Schreiben Sie so oft wie möglich kurze heiße Liebesbriefe, und legen Sie aktuelle Polaroids von sich bei. Je schärfer die Fotos, desto besser. Schicken Sie SMS-Küsse und Liebes-Botschaften aufs Handy. Probieren Sie gemeinsam Telefonsex aus und malen Sie sich dabei aus, wie Sie am Weekend den totalen Sex-Krieg machen und sich so richtig intim verwöhnen (Hot-Shaver-Sex zu Marschmusik-Mixes, Kissenschlacht, erregendes Aufwach-Moving und Ladestock-Reiten, scharfe Blasmusik). Außerdem sollten Sie ihn nicht nerven, jeden Trennungstag als Countdown fürs Wiedersehen betrachten und nicht soviel erzählen, was Sie in der Freizeit ohne ihn treiben.«

Die Zeiten, als das Gewehr die Braut des Soldaten war, seien längst vorbei, schätzt Sudau ein. »Fröhliche Bundeswehrsoldaten sind unser schönstes Aushängeschild.« Der sympathische Enddreißiger lacht: »Das wäre doch gelacht.«

Kriege anderswo
Sudetengau

Alle denken an das Kosovo. Wie absurd und gleichzeitig auch scheinheilig die Diskussion um den Einsatz von Bodentruppen ist, zeigt unser heutiges Beispiel Sudetengau. Seit 1990 durchkämmen reguläre deutsche Kampfverbände ohne offizielle Kriegserklärung lustbetont die Grenzregionen der kleinen slawischen Nachbarrepublik.

Eigens zu diesem Zweck ausgebildete Einheiten streifen täglich mit dem eindeutigen Primärziel durch diesen schmalen Landesstreifen, den niederen slawischen Lebensformen humanitär zur Seite zu stehen, sie auf eine dauerhafte Nato-Vollmitgliedschaft vorzubereiten, ganz ohne vorherige Luftschläge. Von startrek-formatigen Basiscamps in Schönberg, Selb oder Reitzenhain machen privat motorisierte Kämpfer jeden Morgen mobil und verminen die Korridore zunächst mit Wohlstandsmüll und Verdauungsendprodukten. Ganze Busladungen rüstiger und mit Kleingeld aufgerüsteter Reservisten, sogenannte Vorruheständler beiderlei Geschlechts, werden für friedensstiftende Kampfeinsätze vor den allgegenwärtigen Vietnamesenmärkten abgekippt.

Das Ergebnis kann sich sehen lassen. Die Armee der Tschechischen Republik, die sich bis heute standhaft weigert, die D-Mark als Hauptwährung einzuführen, ist fast aufgerieben, in der Defensive. Von nennenswerter Gegenwehr kann keine Rede mehr sein. Unsere Truppen fühlen sich bereits so sicher, daß sie sogar Kind und Kegel zum Marodieren mitnehmen.

Die alte Kaiserstadt Cheb bietet nach anfänglichen und in diesem Zusammenhang sicher kaum vermeidbaren Greueln unter der Zivilbevölkerung endlich ein vertrautes Bild: Schon am Ortseingang Co op und Aral. Im historischen Ortskern stapeln sich Plus, Kaufland, Spar und Penny. Absatzmärkte für deutsche Produkte zu Spottpreisen für deutsche Kunden. Schilder auf Tschechisch prangen an den Türen: »Ich muß draußen bleiben.«

Die Truppenbetreuung erfolgt in »hospoda« oder »restaurace« genannten Kantinen: Schweinsbraten mit böhmische Knödel und eine Flasche Pilsner Urquell; fürs Offizierskorps gibt es auch ein Wahlessen, zum Beispiel Gulasch. Alles für den Bruchteil einer Deutschen Mark. Die Stimmung in der Truppe ist famos. Und mit wichtiger Miene demonstrieren unsere tapferen Jungs ihren Frauen, Kindern und Großeltern militärische, i. e. friedenssichernde Lebensart, präferieren Klangerzeugung mit dem Schließmuskel, duzen die verstörten Kellnerinnen oder fassen sie an Stellen.

Nach den üblichen Kampfhandlungen und dem systematischen Leerkaufen aller Supermärkte, also gegen Abend, formieren sich die Truppenkontingente an den Grenztankstellen in Schützenkette, um bruttoregistertonnenweise billiges Böhmenbenzin zu bunkern. Ganz nebenbei werden noch Tausende versklavter »Zigeunerinnen« vergewohltätigt. Die Oberste Heeresleitung hat mit den Betreiberfirmen der örtlichen Damenhäuser für alle Bürger in und ohne Uniform moderate Flächentarife ausgehandelt: »Mit Hand 20, mit Mund 30, voll 50 Mark.«

Das geschieht aber nicht unter den Augen einer kritischen Öffentlichkeit – wir Journalisten sind da nicht gern gesehen. Im Krieg stirbt nämlich als erstes die Wahrheit. Und als letztes stirbt die Hoffnung. Das Offizierskorps verlangt immer wieder Mengenrabatt.

Dutzende meterhoher Gartenzwerge, palettenweise Becherovka-Fässer, kilometerlange Zigarettenstangen, Monatsproduktionen an Adidas- und Nike-Imitaten und andere Beutekunst schleppen wir zur Tarnung mit uns herum und ziehen verkrustete Pokémon-Joggingkampfanzüge, Antiklederblousons und schlecht verheilte Kaltwellenhauben für die Recherche über. Tun wir es nicht, werden wir erbarmungslos aus der Schlange gewinkt, mit jahrhundertealten (teils selbst gemalten) Fahndungslisten konfrontiert, mit fränkischen und sächsischen Gassenwörtern schlimm mißhandelt oder einfach nur auf der Flucht erschossen. Also lassen wir den Obristen ihren Spaß. Das ist es doch nicht wert, oder?

Der Tschech' wird frech

Keine Bange: Im Vogtland regt sich Widerstand

»Massenmorde an Sudetendeutschen« – so ist ein nicht namentlich gekennzeichneter Beitrag im *Vogtland-Jahrbuch 2000* überschrieben. Es folgen ausgiebige Passagen über wilde und bestialische »Kommunisten«, die 1945 auf der Suche nach »Ortsleitern« und »Kreisleitern« der Stadt Kadan (Kaaden) kostbares deutsches Blut vergossen hatten. Flüchtigen Wehrmachtsoldaten in Bolevec (Blowitz) erging es nicht besser: »Eine Frau hat sie mit einer Hacke totgeschlagen. In einem Massengrab landeten damals 30 Tote.«

Der anonyme »Schreiber dieser Zeilen« springt auch sofort über das selbst hingehaltene Opferstöckchen, weil die tschechische Zeitung *Mlada Fronta Dnes* mit ihrem Verweis auf völkerrechtliche Verbindlichkeiten ganz schön frech war: »Kein Deutscher hat Tschechen ermordet oder ausgebeutet«, beklagt er sich. »Ganz im Gegenteil. Es wurden Industrieanlagen geschaffen wie die Hermann-Göring-Werke in Oberleutensdorf (Litvinov), von denen die Tschechen noch heute profitieren. Sollte der Kommentator allerdings auf Lidice angespielt haben, so muß festgestellt werden, daß dieses Massaker einzig und allein der Exilpräsident Benes zu verantworten hatte, der von England seine Fallschirmagenten nach Prag schickte, um den Reichsprotektor ermorden zu lassen. [...] Daß er für diese Aktion von Hitler keinen Orden bekommen würde, wußte Benes genau.«

Ja, ja, der freche Tscheche.

Der editorisch verantwortliche Vogtländische Heimatverlag Plauen resümiert: »Es ist also Bewegung gekommen in die Aufklärung von Massakern an Sudetendeutschen, und daß man die Sudetendeutsche Landsmannschaft sowie den Bund der Vertriebenen in die Ermittlungen eingeschaltet hat, ist positiv zu bewerten.«

Es handelt sich nun beim *Vogtland-Jahrbuch* keineswegs um irgendein elitäres neurechtes Zirkular mit einstelliger Auflagenhöhe, sondern um das maßgebliche und allseits beliebte Verlautbarungsorgan für Regionalhistorie, Mundartgedichte und Brauchtumspflege daselbst.

Wie hatte der Verlag gleich noch mal einleitend gefragt? »Ethnische Säuberungen gibt es nicht erst seit den Ereignissen in Jugoslawien [...] Die Massenmorde an der sudetendeutschen Zivilbevölkerung 1945 vor unserer Haustür, wen interessiert das noch?« Wäre nicht besser vorher zu fragen, warum das *Vogtland-Jahrbuch 2000* noch nicht Gegenstand wütender Proteste oder Freudenfeuer geworden ist? Warum nach dem anonymen Verfasser noch nicht wegen Volksverhetzung gefahndet wird?

Ach was. Für diese tolle Art Meinungsfreiheit sind die Plauener 1989 doch extra auf die Straße gegangen (vgl. *Die Wende in Plauen* von Pfarrer Thomas Küttler, Vogtländischer Heimatverlag Plauen, 1991). Oder wie es ein auf CD gebrannter Werbejingle der Plauener Sternquellbrauerei noch toller formuliert: »Wo Du sein kannst, wie Du bist, da bist Du zu Haus.«

Wir gratulieren nachträglich.

Bei grünen Stars zu Haus

Vol. I Gunda Röstel

Treue blaue Augen und freches, langes Lockenhaar, immer ein Lächeln oder einen lustigen Spruch auf den Lippen, so kennen und lieben sie ihre Wähler. Gunda Röstel (38), die kurzsichtige ehemalige Sonderschuldirektorin, mag es zu Hause gern gemütlich. In T-Shirts und lässigen Jeans oder einfach mal nur im kurzen Schwarzen spannt sie von grüner Realpolitik und ihrem eigenen Opportunismus aus, kocht, kümmert sich um den Garten oder greift einfach mal zu einem guten Buch.

Minirock statt Jutta-Ditfurth-Latzhosen, pralle Lebensfreude statt Süssmuth-Betulichkeit. Die Powerfrau aus dem Osten ist sogar musikalisch, spielt Gitarre und singt seit mehr als 16 Jahren im Kirchenchor von Flöha. Klasse! Und immer gut für eine verrückte Idee:

»Ob ich in einer Seifenoper auftreten würde? Na klar! Ich habe nichts dagegen, wenn man Männer und Frauen auch als körperliche Wesen wahrnimmt.« Neulich auf einem Berliner Ball: »Das ist ein Kleid aus Teflon, total leicht und sicher und schick, aus der Raumfahrt.« Die Aufforderung der »Schnecke«, sie doch ausgiebig zu befingern, lassen sich die anwesenden Herren nicht zweimal sagen. »Und morgen kann man Rührei drauf braten«, ergänzt die arrivierte Schlampe.

Doch im neuen Heim (Baujahr 1994) hat es die sonst so harte Polemikerin lieber romantisch. »Ich trinke abends gerne mit meinem zärtlichen Ehemann (Holger, 38) ein Gläschen Wein«, bekennt die halbblinde MittdreißigerIn, während ihre süße Warze an der Nase leicht aufleuchtet. »Da muß aber alles stimmen: Kerzenschein, Kuschelrockmusik. Wir hören dann am liebsten Pur oder Karat oder Herman van Veen.«

Ohne ihren Mann Holger wäre Gundas Politikerkarriere kaum denkbar. Wo es nur geht, hält er ihr familiär den Rücken frei. Im Hobbykeller hat sich der passionierte Modelleisenbahner sein eigenes Reich eingerichtet. »Hier bin ich ganz ich selbst.«

Doch Mittelpunkt des Familienglücks sind Töchterlein Marte (13) und Sohn Tobias (17), die der fürsorgliche Vati abgöttisch liebt. Jede freie Sekunde verbringt der erfolgreiche Softwareunternehmer mit den beiden blonden Engelchen. Ob die drei ihre Nachbarschaft mit Death- und Doom-Metal-Platten beschallen oder mordend und brandschatzend umherziehen: »Ich bin da verständnisvoll und ganz dolle tolerant«, lacht die umweltbewußte Sexbombe verschmitzt.

Nur bei Drogen hört der Spaß auf. »Neulich, zum Frühstück«, bekennt die 1,80 Meter große, attraktive Erzgebirglerin (68 Kilo), »haben wir Drogennehmen gespielt. Holger hat dazu aus altem

Semmelteig kleine Pillen gedreht, von denen man total blöde wird. Dann haben wir stundenlang rumgequiekt, bis uns die Kinder hinausgeworfen haben. Bei E.ON habe ich dann in der Vorstandsetage eine zweite Heimat gefunden.« Da wollen wir mal nicht weiter stören.

Nächste Folge: Was ist denn heute bei Trittins los? Deutschlands genialer Umweltminister lädt zum großen Grillfest.

Bei grünen Stars zu Haus

Vol. II Jürgen Trittin

Es ist ein schönes Haus, das der begeisterte CB-Funker und hauptamtliche Bundesumweltminister zum verdienten Feierabend betritt. »Jürgen seine Hütte«, steht auf dem Türschild – ein Geschenk zum Einzug von seinen Freunden aus dem Hardrock Café Kiel. Jürgen Trittin verschränkt leidenschaftlich die Arme und bleibt vor dem Spiegel stehen. Ein Bild von einem Junggesellen: mit Jürgen-Trittin-Frisur und Dreistunden-Bart, breiten Schultern, knackigen Hüften, Lederjacke, Jeans. Zunächst aber steht Presseschau auf der Tagesordnung: *Good Times, Praline, Christ & Hund* – wissen, was draußen in der Welt los ist.

Der temperamentvolle Mittvierziger (46, ledig, Sternzeichen Löwe) genießt die Ruhe. Pinien, Korkenzieherweiden und masturbierende Gartenzwerge halten im engsten Spalier indiskrete Blicke von seinem im Blockhüttenstil erbauten Anwesen ab. Rhododendren, verwilderte Zwiebelblumen und in der Hauptsache Azaleen sind es, die auf dem grünen Willkommensteppich ihren bunten Auftritt haben.

Drinnen tiefschwarze Tropenholzverkleidungen, soweit das Auge reicht oder reichen will oder kann. Ganze Jahresproduktionen in bestem Formaldehyd veredelter Spanplatten und Sperrholztäfelchen, Talsperrenfüllungen an Beize und Holzlack haben hier endgültige Ruhe gefunden, mit elfenbeinverblendeten goldenen Zierschrauben angebracht. Holzimitat, Ziegeltapete, Schindeln an Kanten und Unterzügen, geschmackvoll angebrachte Schmuckbalken und Bohlen, selbst die vielen Türen sind mit Holztapete unkenntlich gemacht. Wo das Holz nicht hinpaßte, prangt Geschwürtapete – das idealste Biotop für Petroleumlampen-Imitate, Setzerkästchen, Sammeltassen und Panoramaposter (Abendstimmung am Strand, Pam Anderson 1997, selbst gemalte Karikaturen von Mitgliedern der Atomlobby, Mescalero-Brief auf Blümchenpapier, Herbstwald, Pam Anderson 1999). Die geschwungenen Panoramafenster sind so konstruiert, daß sich die Geranientöpfe außen und die Jalousien innen nur nach den Lehrsätzen experimenteller Akrobatik anbringen ließen. Hunderte mittelständischer Handwerker kamen dabei ums Leben.

Die von anerkannten Bio-Landschaftsgärtnern ausgetüftelten Sichtachsen der Zierhölzer legen von jedem Zimmer aus den Blick frei zum überdachten, als Puszta-Ziehbrunnen ausgeführten Grillplatz, und die blütenweißen Außenwände werden von stämmigen Wagenrädern und Agrarwerkzeugen dominiert. Flankiert von waffenscheinpflichtiger Außenbeleuchtung – hervorzuheben die bronzenen Bewegungsmelder in Castorbehälteroptik –, ergänzt um eine aus alten Traktorreifen nachempfundene Sonnenuhr und mehrere zu Blumenkästen umgewidmete Akustikgitarren im Steingarten vor dem Haupteingang. Rote Pelargonien und stattliche Buchsbaumkugeln legen sich wie eine Stola an die Freitreppenränder mit der Lichtschranke und weisen den Blick zum fantasievollen Türschild.

Da dürfen kreative Einbrennarbeiten auf Birke nicht fehlen: »Haxen abkratzen!« steht drauf. Und der Türgong trällert eine Heavy-Metal-Variation von »Horch, was kommt von draußen rein«. Doch Grillen ist heute nicht bei Jürgen Trittin. Der grüne Sunnyboy muß noch sein Atomkraftwerkmodell (stillgelegt) aus Streichhölzern fertigbasteln. Und das kann dauern. Schade.

Nächste Folge: Joseph Fischer geht in Deckung. Neues aus dem Führerbunker unseres Außenministers.

Bei grünen Stars zu Haus

Vol. III Andrea & Joschka Fischer

Seit über 25 Jahren stehen sie Seite an Seite auf der politischen Bühne, sorgen für Frohsinn und gute Laune. Wer sie mal live erlebt hat, merkt: Andrea (39) & Joschka (51) sind ein eingespieltes Team, das nicht zu Unrecht zu den beliebtesten Unterhaltungskünstlern der rotgrünen Koalition gezählt wird. Und wer ihre verliebten Blicke sieht, der spürt darüber hinaus: Diese zwei Menschen sind tief miteinander verbunden, ein Traumpaar aus Fleisch und Blut.

Doch wie sieht es hinter den Show-Kulissen aus? Haben all die Jahre, in denen Andrea & Joschka gemeinsam auftraten, in denen die Eheleute von morgens bis abends zusammen harte Oppositionsarbeit leisteten, keinen Überdruß aufkommen lassen?

In der Presse jedenfalls kursierten schon wildeste Gerüchte. Es gab Zeiten, in denen die Scheidung – ging man nach den Schlagzeilen – längst beschlossene Sache war. »Diese Gerüchte haben uns sehr weh getan«, gestehen Andrea & Joschka. »Warum will man uns nicht glauben, daß wir miteinander glücklich sind?« Daß dies so ist, kann jeder bestätigen, der die zwei Politentertainer mal privat erlebt hat: Joschka »Joseph« Fischer ist ein vollendeter Kavalier, der seiner Frau jeden Wunsch von den Fettaugen abliest. Und Andrea »Maria« Fischer hört nicht auf, sich um das Wohlergehen ihres Joschka zu sorgen. Dabei sind die Eheleute selbst die letzten, die behaupten würden, eine Traumehe völlig ohne Fehl und Tadel zu führen. »Wir sind schließlich keine Heiligen«, erklären Maria & Joseph. »Wir können ganz schön stur sein und sagen uns dann auch laut und deutlich die Meinung. Aber solche Momente gibt's schließlich in jeder Ehe. Und das ist gut so, denn eine Ehe, in der gar nicht mehr gestritten wird, ist tot. Wichtig ist, den Partner mit allen Stärken und Schwächen anzunehmen.«

Das Glücksrezept von Andrea & Joschka Fischer: Toleranz und Geduld mit dem anderen – und ab und zu mal ein wenig Sodomie: Andrea dreht jeden Morgen beim Joggen ihre Runden. Und ihr Joschka ferkelt oft wochenlang im hauseigenen Führerbunker (100% Beton). Am liebsten sammelt er Orden und Auszeichnungen der UÇK oder probiert Schnauzbartmodelle aus. Das kleine schwarze Quadrat für direkt unter der Nase ist sein heißer Favorit. Andrea stört ihn dabei höchstens, wenn sie Schutz vor verarmten und gewaltbereiten Ärzten sucht. Denn das ganze Haus ist bis an die Decke voll mit teuren Medikamenten.

Daß die Familie fest zusammenhält, das stand bei den beiden Volkstribunen nie in Zweifel. Und so hat die Ehe der beiden grünen Stars bisher jede Krise unbeschadet überstanden. Ein weiser Mann hat einmal gesagt: »Eine gute Ehe beruht auf dem Talent der Freundschaft.« Andrea & Joschka beweisen, daß dieser kluge Satz stimmt ... Prima, ihr beiden!

Nächste Seite: Antje Vollmer und Ludger Volmer kaufen Böhmen auf.

Bei grünen Stars zu Haus

Vol. IV Antje Vollmer und Ludger Volmer

Die beiden grünen Urgesteine können nicht voneinander lassen: Wo immer Ludger Volmer (47) und Antje Vollmer (56) auftauchen, suchen sie Körperkontakt, halten Händchen, nehmen sich in die Arme. Ludger (»Die Grünen und die Außenpolitik, ein schmieriges Verhältnis«, *Westfälisches Rammboot*) schwärmt in den höchsten Tönen von Antjes strahlenden Zähnen, ihrem ansteckenden Lachen. Und Antje (»Scheiß Frieden. Über Gewalt, Macht und Zivilisation«, *dtv*) lobt: »Ludger ist ein 1A-Kavalier. Jedes Jahr läßt er sich mindestens eine Überraschung einfallen – da gibt's langstielige rote Rosen und das Versprechen: ›Wir bleiben immer zusammen …‹« Wer die grünen Stars hinter der Bühne des Bundestages heiß flirten oder fix für einen Quickie auf der Behindertentoilette verschwinden sieht, glaubt kaum, daß die beiden einander bereits acht Jahre kennen.

Um so mehr wunderten sich Fans und Freunde, warum das Paar partout nicht heiraten wollte. »Ja, es gab halt immer ein Vermittlungsproblem, für welchen Familiennamen wir uns entscheiden, dabei wollte ich doch so gerne einen Doppelnamen«, schmunzelt die süße Bundestagsvizepräsidentin (83–83–283).

Ihr Liebesnest haben die beiden Turteltäubchen in bester Wohnlage unweit der alten Kurstadt Karlsbad eingerichtet. »Die Preise sind hier echt schräg«, lächelt der rüstige Staatsminister im Auswärtigen Amt. »Da haben wir gleich ganz Böhmen genommen. 73,19 DM für insgesamt schlappe 68.000 Quadratkilometer, inklusive Mehrwertsteuer, Maklerprovision und einer weiblichen böhmischen Putzkolonne. Die spuren, kann ich Ihnen sagen. – Sie, neulich hatten wir eine Mordsgaudi, da haben wir in der Früh unsere Haarteile verwechselt, bevor wir ausgeritten sind zum Zigeunerjagen«, gesteht der Ex-Pazifist mit leuchtenden Augen.

Das Warten der Fans hat ein Ende: Seit einigen Tagen sind Ludger und seine Antje ganz offiziell Mann und Frau. Am 30. November führte die Liebe das Paar nach acht Jahren wilder Ehe doch noch aufs Standesamt. Ludger ganz elegant im Armani, Antje im frechen, kurvenbetonenden Landhauslook. Die Zeremonie – Trauzeugen waren die Väter des Brautpaares – fand in Ludger Volmers Heimatstadt Gelsenkirchen statt. Doch auch die Bielefelder Verwandtschaft der Braut wurde nicht vergessen. Antjes Eltern, die lieben Onkelz und Tunten wurden mit dem Reisebus nach Gelsenkirchen kutschiert (als Proviant gab's Brezeln und Bier) und brachten natürlich einige original alternative Bielefelder Bräuche in die Feierlichkeiten ein. So mußten Ludger und seine Antje nach der Trauung einen Baumstamm durchsägen und ihre Hochzeitstorte mit einem riesigen Schwert anschneiden. Toll! Als weitere Überraschung sangen die »Fistelrothen Spitzen« ein eigens gedichtetes Ständchen. Und Ludger bewies seinen Kritikern, daß er längst nicht zum alten Eisen gehört: »Schade, daß sich die Antje nicht mehr so oft wie früher in den [*nicht jugendfrei*] [*nicht jugendfrei*] läßt.« Dabei kniff er seine Antje jelzinesk in ihren knackigen Kürbis-Po.

Gleich im Anschluß an die rauschende Traumhochzeit verschwand das glückliche Paar für die Flitterwochen nach Hause, ins böhmische Protektorat. Da können sich die beiden vom Streß erholen und mit den sudetendeutschen Landsmannschaften zu informellen Gesprächen über den Beitritt nach Grundgesetzartikel 23 oder 146 treffen. Super!

Nächste Seite: Geli Beer wird Girl des Monats.

Bei grünen Stars zu Haus

Vol. V Angelika Beer

Girl des Monats: Angelika Beer (43) aus Kiel

Angelika kurz & bündig: Geboren am 24. Mai 1957 in Kiel. **Größe:** 141 cm. **Gewicht:** 41 kg. **Oberweite:** 41 cm. **Taille:** 41 cm. **Hüfte:** 41 cm. **Beruf:** Rechtsanwalts-, Notars- und Arzthelferin. **Hobbys:** mal ein gutes Buch lesen. **Traum:** einen eigenen Puff im Tetovo mit riesigem Übungsgelände ohne alle Tabus; Urlaub auf einer Kidnapperfarm in Tschetschenien.

Flirten? Als Tank-Girl genieße ich das Spiel mit dem Feuer. Ein knisternder, erotischer Flirt mit einem gutaussehenden Bundeswehroffizier, der macht Spaß. Aufdringliche Typen, plumpe Anmacher haben bei mir tolle Chancen.

Liebe? Es muß immer was los sein in meinem Leben. Empfindungen wie Eifersucht oder Neid sind dabei nur hinderlich, auch in der Partnerschaft. Ich finde, da darf jeder mal seine eigenen Wege gehen. Am schönsten ist es, wenn man sich ganz ohne Worte versteht.

Soldaten? Ohne Soldaten wäre das Leben nur halb so schön. Ich liebe Männer mit Ausstrahlung. Besonders erotisch bei Frauen finde ich Haare auf den Zähnen, bei Soldaten Haare im Ohr und in der Nase. Wenn mir ein Soldat spontan gefällt, geh' ich direkt auf ihn zu, geb' ihm meine Telefonnummer.

Sex? Wenn mir ein Panzergrenadier seinen ganz persönlichen Leopard 2 zeigt oder der Jäger 90 hinter mir her ist, wow! Da werden meine Nippel hart wie Stahlkerngeschosse, so lasse ich mich gerne intim verwöhnen. Erlaubt ist, was gefällt. Ich liebe Überraschungen, finde es total langweilig, wenn immer nur die Frau anfängt. Auf jeden Fall sollte man sich viel Zeit nehmen, die Lust langsam steigern

und dann gemeinsam ausleben. Es gibt so viele Möglichkeiten, man muß nur seiner Fantasie freien Lauf lassen.
Muskeln? Eine sportliche Figur muß es nicht sein, aber ordentliche Muskelpakete sollte er schon haben. Da macht es sofort »klick«.
Komplimente? Was die Männer an mir lieben? Ich bin, wie ich bin – total offen und natürlich. Komplimente sind toll, wenn sie von Herzen kommen. Das tollste Kompliment, das ich gehört habe: »Das Funkeln deiner Augen ist schöner als eine Gefechtsfeldbeleuchtung.«
Disco? Ich bin ein Stadtmensch, liebe das sprudelnde Leben auf den Straßen, in den Cafés, den Kasernen und Diskotheken. Ich bin eine Frohnatur, wohne die Woche über in einem Penthouse in Neukölln. Trübsal blasen kommt für mich nicht in Frage. Sollte ich doch einmal traurig sein, heißt mein Rezept dagegen: Ab in die Kaserne! Da kann ich besser blasen. Aber ich genieße auch gerne mal das Alleinsein.
Glück? Ich habe einige wenige gute Freunde in der Fraktion. Die halten zu mir. Was andere denken, ist mir gleichgültig. Als Flintenweib werde ich mich niemals verbiegen, um andere Menschen zu beeindrucken oder ihnen zu gefallen. Die Freiheit nehme ich mir. Das ist meine Natur.
Kochen? Ich koche für mein Leben gern, vor allem vor Wut.
Hochzeit? Ich weiß, die Braut des Soldaten ist sein Gewehr. Aber ich finde gewiß noch einen, der sein Herz an eine selbstbewußte Verteidigungspolitische Sprecherin verschenkt.

750 DM
gibt's bei Veröffentlichung.
Bewerbung an:
mich c/o Ventil Verlag

Sag's mit Blüm

Norbert hat im besten Liebe-Leut-Tonfall Einblick in seine geistige Puppenstube gewährt und vor einer »Völkerwanderung« gewarnt, die durch die Osterweiterung der EU drohe. Der Ex-Minister weiß, wovon er spricht, denn er selbst ist dem Wanderwahn verfallen, war Pfadfinder (mit Bart) und schon mal in Island und im Frankenland. Für seine Familie gibt er den unerbittlichen Reiseleiter durch ein Teilzeitfaschisteninferno, das er offensichtlich den Völkerwanderern so nicht gönnt: »Verachtet mir die Vereinsmeier nicht! Sie halten die Gemeinschaft mehr zusammen als kluge soziologische Bücher. [Hier] gibt es weder Drogensüchtige noch Jugendsekten. Dafür aber Feuerwehr-, Sport- und Gesangsverein. Vielleicht gerade deswegen.« Das heißen wir trefflich argumentieren. Das Kokettieren mit der eigenen Pummeligkeit könnten wir sogar sämtlichen Ernstes ertragen, betonte dieser Mann nicht alle naselang, daß er sich als links versteht.

Anders der völkerwandernde Tschuktsche. Der Tschuktsche als solcher vergewaltigt ja lieber, brandschatzt, liest kluge soziologische Bücher oder stirbt den Haschischtod, wenn ihm während seiner Völkerwanderungsbrotzeit gerade mal nichts anderes einfällt; zum Vereinegründen hätte der gar keine Zeit und keine Disziplin. Garantiert nie einfallen würden ihm oder seinen albanischen bzw. tschetschenischen Wanderfreunden aber so beziehungsreiche Verse wie diese: »Wir aßen Linsen, tranken Bier / Der Nobby und noch weitere Vier. / Probierten auch den Leberkäs / Und ruhten aus auf dem Gesäß / Und trockneten die nasse Pelle. / Wir lobten heiter diese Stelle / Mit einem Schluck Sechsämtertropfen, / Bald werden wieder an wir klopfen. / Jetzt brechen wir auf im Wanderkostüm: / Familie Marita und Norbert Blüm.« Da will man freilich unter sich bleiben. Ja, das sollte man sogar.

Der Ministrantenpräsident

Drei Sätze von Dr. Bernhard Vogels erster Regierungserklärung klingen bis heute in unseren Köpfen nach.

Erstens: »Soziale Marktwirtschaft ist weder Sozialismus noch Kapitalismus.« Ja, um Himmels willen, was denn dann? Okkultismus? Calvinismus? Autismus?

Zweitens: »Wir wissen sehr genau, daß in den letzten vierzig Jahren unvorstellbarer Raubbau an der Schöpfung betrieben wurde. Das kann in einem System, das den Schöpfer leugnet, auch nicht überraschen.« – Hm, also derart pastoralen Quatsch würgte nicht einmal Rudolf Bahro hervor.

Und drittens: »Das demokratische System beruht auf der Überzeugung, daß man Menschen die Wahrheit sagen kann.« Und? Warum macht er's dann nicht?

Der Klassenprimus unter den offensichtlich auf Lebenszeit bestellten ostzonalen Ministrantenpräsidenten ist statt dessen auf die Idee verfallen, den braunen Sumpf in Thüringen trockenzulegen bzw. Rechtsextremismus und Knalldummheit nicht mehr allein den Rechten zu überlassen. Das mit der Knalldummheit hat noch nicht ganz geklappt, denn auf die von seinen Kanzleien zu verantwortende Retusche des Kohl-Clinton-Vogel-Fotos sind selbst Leute aus den eigenen Reihen nicht hereingefallen. Mal sehen, ob es mit seinem leicht zugespitzten Statement in *Super Illu* 25/98 klappt. Auf die Frage, ob man die DDR mit dem Dritten Reich gleichsetzen dürfe, antwortete Dr. Bernhard Vogel: »Eine derartige Gleichsetzung ist absolut unsinnig und unzulässig. Im Zweifelsfall ist sie eher denen hilfreich, die versuchen, die Unmenschlichkeit der SED-Diktatur zu verharmlosen.«

Da sagt's doch mal einer.

Das Regime Hildebrandt

Eine Rede

Auftritt Regine Hildebrandt (»Nerz mit Plauze«) zur großen Gala anläßlich der Verleihung der »Goldenen Henne« im Berliner Friedrichstadtpalast.

»Jetzt erzähle ick Sie mal einen schönen Witz: Warum wird im Westen erst nach 13 Jahren Abitur jemacht und im Osten nach 12 Jahren? Weil im Westen ein Jahr Schauspielunterricht bei ist. *Riesengelächter, Riesenbeifall.* Da is wat dran. Jaha, ick hab Herz mit Schnauze. Wenn einer bei uns früher 'ne Fresse gezogen hat, wußte man gleich: der braucht heute paar vor den Ballong. Die Frage ist doch: Kopf oder Schwanz *(Tosendes Gelächter, MDR-Intendant Udo Reiter stellt mit Carmen Nebel Kopulationsabläufe ausdruckstänzerisch nach)*, det ist kein Glück, det Beste ist det Mittelstück. Immer auf dem Boden bleiben. Ick werde immer jefragt: Wat ist heute noch links, Frau Hildebrandt? – Nix im Augenblick, sag' ick da. Ja! Meine linke Brust ist weg, ausgerechnet die, der Tumor war über fünf Meter groß. Ick hab' heute nich mal einen Pappbusen bei, aber det macht mir nischt. *Ausziehen!-Ausziehen!-Rufe von General Hans-Peter von Kirchbach.* Der Fuchs ist schlau und stellt sich dumm, beim Wessi isset andersrum. Hahaha! *Gelächter bei Wolfgang Lippert.* Ick sag's noch mal: Die Mitte isset. Nich zuville jute Laune, aber ooch nich zuville Freundlichkeit, det man gar nich mehr weiß, woran man ist. Behalten wir unsere Ost-Authentizität. Wir haben't erlebt in dieser Gesellschaft von Egoismus, Kämpfen und Konkurrenz, det sich ville völlig nutzlos engagiert haben. Aber zum Beispiel die mit die grünen und orangen Haaren, wo ick sonst ooch immer meine Schwierigkeiten habe, die haben sich jetzt bei det Hochwasser an der Oder einjesetzt, und det kann gehen, wenn wir authentisch bleiben. Oder? Die hatten als Fluthelferbande eine Aufgabe, alle haben mit- und somit ein kleinet Identitätsschnäppchen jemacht. Nehmen Sie ein bißchen davon mit in den Alltag. Ein bißchen mehr Freundlichkeit und Einsatz für den anderen. Sammeln Sie Gelder für neue Jugendklubs und so wat, da geht det auch mit die Neonazis weg. Allet andere kommt von selbst. In diesem Sinne, wa.«

Riesenbeifall, Küßchen von Ehemann Jörg und angedeuteter Blowjob mit Ministerkollege »Deichgraf« Platzeck. Erleichtert ab.

www.pausenclown.spd

Gregor Gysi manifestiert mit seinen Fachwörterbüchern für das gehobene Eigenlob (*Freche Sprüche; Nicht nur freche Sprüche; Über Gott und die Welt; Neue Gespräche über Gott und die Welt; Das war's. Noch lange nicht; Ein Blick zurück, ein Schritt voran*) eindringlich, wessen Opportunistenkind er ist. Das wäre kaum tadelnswert, wenn er nicht bei allen Talkshowgelegenheiten den »Querdenker« (alle) und »Realkabarettisten« (*Bonner*) gäbe – die Quersumme aller Unerheblichkeiten für Leute, die zu dumm sind, den Ausschalter zu finden. Seitenlang werden Sitzungsprotokolle des Bundestages mit den ekligen Zwischenrufen abgedruckt. Gysis Botschaft lautet: Seht her, wie die scheinheiligen und korrupten Konservativen mit mir umspringen. Muß ich da nicht ein Guter sein?

Muß er nicht. Der Mann ist zwar PDSler, Jude und aus dem Osten und hätte nach der Minderheitenwitzschutzkonvention von 1867 Schonung verdient, nicht aber als Pausenclown der deutschen

Sozialdemokratie. Frech ist kein einziger von Gysis Sprüchen, sondern sein Anspruch, sie als »witzig« (Gregor Gysi) und »komisch« (Gregor Gysi) zu verkaufen. »Der Kanzler hat gesagt, daß er es noch einmal wissen will. Sorgen Sie dafür, daß er es auch erfährt!« – »Der Kapitalismus hat nicht gesiegt, er ist bloß übriggeblieben.« Und: »Wir sind die sauberste Partei im Bundestag, weil niemand mit uns kungeln will.« So lauten die Spitzenreiter im Gysi-Sprücheranking. Doch damit stehen seit zwanzig Jahren die Stadtmagazine voll. Auch mit der Pfennigweisheit, Michail Gorbatschow und Bill Gates seien die klügsten Köpfe unserer Zeit, kriegt er allenfalls evangelische Buchhändlerinnen rum. Richtig schlimm ist nur, daß man manchmal glauben und fürchten muß, diese Bevölkerung bestünde mehrheitlich aus solchen.

Superheiße Abschiebetips für Otto Schily

Die besten deutschen Flughäfen für tabulosen Abschiebespaß

Frankfurt/Main: So groß, daß die Beamten immer ein Plätzchen zum hemmungslosen Abschieben finden, ziemlich anonym, riesige Parkgarage, sehr tolerantes Personal.
Rückfallquote: 2 %
*Abschiebespaßfaktor: *****

Stuttgart: Sehr überschaubar, fast schon gemütlich, nettes Personal, schöne Terrasse, saubere Waschräume. Spezialität: cooles Abschieben zu dritt.
Rückfallquote: 7,33 %
*Abschiebespaßfaktor: *****

Hamburg: Kurze Wege zum Terminal, man hat viel Zeit, schöne Bars zum Anschärfen, überall Lautsprecher (die Beamten verpassen also nichts). Besonders beliebt: Fessel-Abschieben.
Rückfallquote: 12,2%
Abschiebespaßfaktor: ***

Düsseldorf: Super Bar, wo man jede Menge abschiebebereite junge Leute trifft, klasse Terrasse mit vielen lauschigen Eckchen, zwar einige Baustellen, aber da sind die Beamten bei SM-Spielchen mit den Schüblingen total ungestört.
Rückfallquote: 17,8%
Abschiebespaßfaktor: ****

Berlin-Schönefeld: In den oberen Etagen viele leere, offene Räume und verwinkelte Ecken, super gepflegte Luxus-Waschräume; Geheimtip: VIP-Lounge ist oft menschenleer.
Rückfallquote: 21,5%
Abschiebespaßfaktor: *****

Erfurt-Bindersleben: Schön gelegen, gut versteckt, aber schlecht erreichbar (direkt auf dem Rübenacker). Hilfsbereite Bevölkerung. Keine lästigen Fluggäste. Leider ineffektiv, da nur Agrarflugzeuge.
Rückfallquote: 102%
Abschiebespaßfaktor: *

Jokervariante (wenn das Flugpersonal rumzickt): Wie schmuggelt man einen Schübling via Bord-WC ins Herkunftsland?
1. Mit ihm ein Klopfzeichen vereinbaren (z.B. 3x kurz, 17x lang).
2. Dann geht ein Beamter zum WC. Darauf achten, daß der Vorhang (wenn vorhanden) zu ist.

3. Der Schübling kommt, klopft. Tür aufmachen (Lampe geht aus!), Schübling rein.
4. Beamter geht raus. Steht ein Passagier davor, Entschuldigung murmeln (»O Mann, hab' ich 'nen Dünnpfiff!«), wieder in die Toilette gehen. Der andere Fluggast verschwindet garantiert.
5. Landung abwarten. Abschieben. Perfekt.
Rückfallquote: 0 %
Abschiebespaßfaktor: ****************

Was droht, wenn den Beamten »mal was danebengeht«?
Staatsanwalt Holger Sudau (38) erklärt: Nicht viel, weil die Gerichte in diesem Fall sehr tolerant sind. Sicher würde ich auf Einstellung des Verfahrens (»Erregung öffentlichen Ärgernisses«) plädieren. Bei einem strengen Richter drohen allerdings bis zu einem Jahr Gefängnis und hohe Geldstrafen.

Gelesenes

Ein bißchen verlegen

Besorgen Sie sich eine Riesenportion Blauäugigkeit plus kaum noch entschuldbare Frechheit. Den Überraschungseffekt verstärken Sie, indem Sie den Sitz ihres Unternehmens in eines der neuen Bundesländer legen. Das ist optimales Feindgebiet. Gewinnen Sie befreundete Autoren und Zeichner, mit Ihnen schönste Ideen für Schwerstverkäufliches zu formulieren.

Zeigen Sie sofort große Ungeduld, wenn die Bearbeiterinnen Ihrer Gewerbeanmeldung blumige Belehrungen über das Verlagswesen abspulen. Vermeiden Sie würdeloses Betteln um Fördermittel. Auch die kontrapunktischen Auffassungen des zuständigen Handelsregisters können Sie beiseite wischen, nicht aber den Wunsch des Börsenvereins, Sie als Mitglied zu werben. Denn der ist ein nicht unwichtiges Glied zwischen herstellendem und verbreitendem Buchhandel. Freuen Sie sich darüber, daß die hochwichtigen Heimatautoren vor Ort aus schierer Wut in ihre Stasi-Akten beißen, weil Sie sie nicht von Ihrer Verlagsgründung unterrichtet haben. Schreiben Sie in einer überregionalen Zeitschrift zusätzlich einige spaßige Zeilen über die Regionalkultur, und Sie sind die letzten Sympathisanten los. Nehmen Sie es mit Gelassenheit hin, daß die ansässige Hochfinanz Ihnen daraufhin die letzte Kreditwürdigkeit abspricht.

Bald sind Sie mit der Tatsache vertraut, daß Freizeit die Freiheit Andersdenkender ist. Und bleibt. Versüßen Sie sich Ihre Arbeitszeit lieber mit dem Studium unverlangt eingesandter Manuskripte. Gehen Sie aber nicht auf Bestechungsversuche alter Waffen-SSler ein, übergehen Sie bergeweise Rentner- und Pfaffenpoesie, Bau- und Bastelanleitungen, Esoterisches, Briefromane, Jukoses (»Meine Satiren sind durchgehend heiter und humorvoll geschrieben«). Halten

Sie sich auch sonst nicht an überlieferte Gepflogenheiten. Versenden Sie nur ein Minimum an Rezensionsexemplaren an Presseleute – die meisten sind nur Sammler, der Rest schreibt Verrisse. Blockieren Sie die Druckereien mit Nanoauflagen, ausgefallensten Formaten und Papieren. So sorgen Sie dafür, daß bei Ihren Autoren Bier und Freudentränen in Strömen fließen. Geld aber nicht, denn Sie nehmen so gut wie nichts ein.

Warum? Die Unverlangten legen grundsätzlich kein Rückporto bei, und der Buchhandel hat Preisbegleichung bei Bagatellbeträgen aus seinen Grundsatzpapieren gestrichen. Von seinen partiell ins Unverschämte schwappenden Rabattforderungen ganz zu schweigen. Schicken Sie daher in die betreffenden Läden Ihre Gewährsmänner zum Bücherklauen. Die Rachsucht veranlaßt das Händlerpack dann, selbst gut verkäufliche Bücher Ihrer beliebten Autoren zielstrebig am großen Erfolg vorbeizumanövrieren. Eine beliebte Methode ist, gegenüber insistierenden Kunden auf der Nichtexistenz des Buches zu beharren.

Überprüfen Sie, ob die Post nicht auch ein dankbarer Feind wäre. Äußern Sie sich kritisch zu deren Auffassungen, was Regelmäßig- und Pünktlichkeit betrifft, oder zweifeln Sie die Effektivität der Büchersendung an. Bald wird jedes Ihrer Briefchen manuell nachgewogen. Von den Strafporti träumen Sie noch Jahre. Vergessen Sie nicht, die Geldbeschaffungskriminalität für Ihre Teilzeitverlegerei als regelmäßige Lohnarbeit zu tarnen und trösten Sie die hungernde und progressiv verwahrlosende Kinderschar mit der Hochbrisanz Ihrer verlegerischen Mission. Prahlen Sie in einer linksradikalen Krawallzeitung damit, keine Steuern zu zahlen. Eine vom Verfassungsschutz angeregte Umsatzsteuerprüfung meldet sich in Bälde. Auch wenn die Bemühungen der Staatsbüttel ganze 6,33 DM ergeben – der Spaß ist es wert.

Merke: Der Erlebnisverlegerstatus wirkt sozialethisch desorientierend. Denn geblendet von den ersten kleinen Erfolgen, haben auch diverse Autoren den Weg zu größeren Verlagen gefunden. Der Verlegergott ist ein keineswegs eifersüchtiger. Nachdem Ihnen die letzten Freunde davongelaufen sind und Sie genügend leere Flaschen weggebracht haben, dürfen Sie das bescheidene Jubiläum und eine rechtschaffene Tofuwurst am nächsten Bio-Imbißverschlag mit einer Gallone Senf aus Bodenhaltung begießen. Erst dann dürfen Sie, so wie ich, laut über einen einstweiligen verlegerischen Ruhestand nachdenken.

Amazonendichter

Das Lotterleben von uns Popdichtern ist ein elefantenhodenharter Mythos: Wir wissen angeblich nie, wo, wie und mit wem wir die letzte Nacht verbracht haben, wachen mit einem Riesenschädel auf, sehen für die ersten Stunden unserer Gewöhnung ans Tagesleben nur in schwarzweiß, können frühestens gegen Nachmittag wieder feste Speise zu uns nehmen, checken die neuen Tagesgirls bei *Coupé-Online* und fangen dann irgendwann an zu dichten.

Alles Quatsch. Es ist viel schlimmer. Punkt acht schälen wir uns aus dem Bett, reiben die Schlafkrümel aus den Krähenfüßen, brühen einen Tee auf, knipsen 8 Uhr 30 den Computer an und checken unsere aktuelle Notierung bei www.amazon.de. Anders als *Spiegel*-Bestsellerlisten mit ihrer arroganten Beschränkung auf 15 Ränge, kann man hier eine Verkaufshitparade mit mindestens 500.000 Plätzen bewundern.

Mit der einmaligen Überprüfung ist es nicht getan. Stündlich kann sich die Notierung ändern – alles wird online seismographiert: jede Erwähnung in *Bild*, jedes Interview im *Schwarzwälder Boten*. Wer bei www.amazon.de gut plaziert ist, der ist es auch sonst, wer abgeschlagen dahindümpelt, muß dies offline keineswegs. Egal. Wir Popdichter können außerdem eine hochkonzentriert verfaßte, definitiv klarstellende Online-Rezension zum eigenen Gesamtwerk an www.amazon.de mailen. So vergeht der Tag.

Ab 21 Uhr wird der rasante Rutsch von Rang 318.792 auf 276.324 ausgiebig begossen. Ein Verkauftes dürfte das ungefähr sein. Hauptleidtragende dieser bedauerlichen Entwicklung: einwandfrei die Tagesgirls von *Coupé-Online* und die künftige Textproduktion.

Gottesbeweise

Für Jürgen Roth

»Ich vermute, daß die abstrakte Malerei, mal abgesehen vom Kaschieren der technischen Unzulänglichkeiten, zu einem nicht unbedeutenden Teil gegenaufklärerischer, regressiver Schwindel ist. Verkorkste Sehnsucht nach Bauernmalerei, Ikonen-Kitsch und Ursprünglichkeit, dazu der Quatsch mit den Bauchgefühlen und natürlich auch Baumschmuck ... Gute Kunst setzt sich durch, weil man gut nennt, was sich durchsetzt.« So erhellend klar und bestürzend ehrlich drückt es der Berliner Autor Thomas Kapielski aus.

Selten steht mal einer auf, um das berufspenetrante Pack, welches unter dem Gattungsbegriff »Künstler« republikweit zirkuliert, gehörig in die Schranken zu weisen. Früher sollte die Kunst die Welt verschönern – heute wäre unsere Welt weitaus erträglicher ohne sie.

Kunst ist nunmehr allein die Übereinkunft gräßlich unbegabter sparkassenvollhängender Besenmaler, marktplatzvergewaltigender Installateure, blickschärfender Wackelfotografen, tamponschwingender Performancetöpferinnen, heterosexueller Kabarettisten aus Bodenhaltung und wörteruntereinanderpinselnder Gebärdensprachdichter mit den noch unbegabteren Fördermittelbewahrern im nächsten Rathaus und auch Kultusministerium. »Kritisch«, »kreativ«, »unbequem« und »spannend«, »provokant«, sogar »respektlos«, nichts ist ihnen zu fade für die Bettelrede und im ständigen Verwechslungskampf von Subversion und Subvention.

Dagegen mobil gemacht zu haben, dafür gehörten Kapielski dicke goldene Ketten umgehängt. Und an jedes Kettenglied ein noch dickeres Bündel Geldscheine.

Ihm ist ja bislang großes Unglück widerfahren, indem seine Produktionen oftmals vom sogenannten großen Feuilleton über den grünen Klee gelobt worden sind. Also genau an der Adresse, wo sich naturgemäß keiner für erklärtermaßen Komisches, mithin auch spaß-chaotisch Orientiertes erwärmen kann. Demgemäß hilflos agieren diese Kollegen dann oft, wenn es um klare Stellungnahmen zu Kapielski geht, oder lassen es lieber gleich. Tun sie's doch, wie die Niedersächsische Sparkassenstiftung, müssen wir lesen: »Kapielski tritt in grimmelshausenscher Manier als Schelm auf und schleust barocke Witze und Scharfsinn in unsere Gegenwart ein.« Schelm! Grimmelshausen!

Um nun den obligatorischen Helmut-Höge-Adorationen in der *Zeit* mal einen fröhlichen Schlenker anzuhängen, sei daran erinnert, daß viele Leser Thomas Kapielski sicher noch aus der *taz*-Periode kennen dürften, als sie sein durchaus gewagtes Diskotheken-Attribut »gaskammervoll« abdruckte. Warum nun ausgerechnet ein so ausgesucht talentierter Mann wie Kapielski am Klagenfurt-Dingsbums teilnehmen muß, konnte mir keiner der Kollegen plausibel machen. Was an seiner auch dort wieder vollzogenen ständigen Folklorisierung des Scheiterns komisch sein soll, dito. Ganz gewiß komisch jedoch ist es, daß er trotz eingangs zitierter Spruchweisheit an der Kunsthochschule Braunschweig eine Professur für Dia-Vorträge unterhält und mit zwei Büchern beim Berliner Postwurfsendungsverlag Merve gelandet ist, dem das Versenden von Rezensionsexemplaren aber schon wieder zuviel Arbeit bedeutet. Sonst nämlich hätte das fröhliche Lob dieser Werke viel früher erscheinen können. Ulkig ist freilich, daß der zweite Band *Davor kommt noch. Gottesbeweise IX–XIII* zuerst veröffentlicht wurde; *Danach war schon. Gottesbeweise I–VIII* kam ein halbes Jahr später – im 1998er Frühjahr. Genug, ich will ja loben. Auf dem unscharfen Foto, mit dickem Anzug und Aktentasche auf Sandboden, wirkt der Autor ein wenig wie Arno Schmidt.

Es kann sein, daß mich ausgerechnet bei ihm früher der allzu clownesk herausgekehrte Säuferhabitus gestört hat. Wo sich doch der durch und durch sozialdemokratisierte Bürgersmann samt handtaschenbewaffneter Matratzenschonerin den Schaffenden gerade nicht ohne die Lüge vom Rausch als Stimulus vorstellen will und kann. In diesem Grundirrtum ruht zudem die beispielhafte Herabwürdigung des Schaffenden und seiner Arbeit. Nicht im Traum würde es einem dieser Sarggesichter einfallen, daß ein Werk nicht *durch* Rausch, sondern trotzdem zustande kommen kann.

Kapielski wiederum ist eines der wenigen tauglichen Gegenbeispiele. Seine schwer-ethanolischen Geschichten und Berichte blitzen freundlich parallel zu Jörg Schröder oder Max Goldt auf und sind in einem höchst unterhaltsamen Plauderton gehalten. So klugunterhaltsam, daß ich mit Kollege Roth synchron las und wir uns voll breitester Vergnüglichkeit die jeweiligen Lieblingsstellen am Telefon vortrugen. Unterhaltsam für mich gerade deswegen, weil sie die Peinlichkeiten dröhnender Saufberichterstattung meilenweit und gekonnt umzirkeln. Als Anspieltip sollte bei der nächsten Visite in Ihrem einwandfrei sortierten Buchladen die grandios erzählte Episode vor der weltmittelpünktlichen Bamberger Brauerei Spezial genügen. Der Kaufvertrag für die zusammen 340 Gramm Papier ist sodann eine lächerliche Formalität.

Geistiger Besitzer dieser herrlichen Zeilen werden Sie ja schon mit dem Lesen.

Anno Domini

Wer selbst mit dem inneren Auge der Unübersichtlichkeit dieser säkularen Welt nicht mehr Herr wird, seine Zivilisationsmüdigkeit nicht in den Griff oder seine Tassen sonstwie nicht mehr in den Schrank bekommt, der wird sanft an die Hand genommen von *Anno Domini, Zeitschrift für mittelalterliche Kulturgeschichte*. Im ausgedehnten Inserententeil zu finden: interessante »Kosims«, Konfliktsimulationsspiele. Vermittels Würfel und Spielbrett können sich Interessierte auf diversen Schlachtszenarien des Mittelalters engagieren, sogar die Ergebnisse der Schlacht auf dem Peipus-See lassen sich mühelos im spielerischen Gegeneinander revidieren. Das Spiel »Rise of the West« (45 Mark) bezieht zudem den Computer mit ein, und dann kann der Tag nicht mehr weit sein, da jeder Volltrottel sein mediävales Deutschlandbild in den Grenzen der eigenen Schädelhöhle neu ausmalen kann.

Listigerweise offeriert der *Anno Domini*-Versandshop historische Handelswaren für die, denen nach allzuviel Gewürfel und

Taschenbillard die Zähne zu eng stehen: staufische Männerröcke, Barette, Lederwämser und das »Drachenschwert Fafnir« für 4.999 Mark (Scheide mit Bronzebortband 1.800 Mark Aufpreis). Hätte König Artus das gewußt, er hätte den Heiligen Gral beim *Anno Domini*-Versandshop bequem per Bankeinzug bestellt. Ferner im Angebot: Videos zu »Schaukampf – Grundlagen – Training – Klingenkauf – Pflegetips« und die nötigen Dates, an denen sich das desperate Völkchen treffen, sich mit Met, »ein bei Zwergen, Riesen und Göttern heißbegehrter Zaubertrank«, einstimmen kann. Und es wird anheben ein großes Meucheln und Metzeln unter den Abonnenten. Wir freuen uns schon.

Heftchen gekauft

Daß die *junge Welt* seit einiger Zeit aus Ersparnisgründen kein Erotik-Ressort mehr unterhält und laut Eigenaussage angeblich auch nicht mehr benötige, nagt an unserer Berufsehre, die ja zu gut hundert Prozent kongruent mit tiefster Überzeugung ist. Wer sonst risse der schweigenden Mehrheit denn die Maske intersexueller Verklemmtheit vom Gesicht?

Wir schleichen also ohne offiziellen Auftrag in den großen Presseshop am Berliner Hauptbahnhof. Zielsicher haben wir das Regal mit den Heftchen angepeilt und einen Riesenstapel kursorisch herausgegriffelt. Mit funkelnden Augen haben wir ihn fix zur Kasse abgeschleppt und laut und vernehmlich (der Laden ist rammelvoll) um ein Beratungsgespräch ersucht. Was die Fachverkäuferin denn so empfehlen könne. Doch die Dame extemporiert souverän: Milieutheoretisch on top und suggestopädisch auf höchstem Niveau defiguriert sie *piep!*, *pfiff!*, *Sexwoche* und *das neue Wochenend*, hat nur ein verächtliches Grinsen für *Jungle World* und *Praline*, umreißt dafür die narrativen Qualitäten von *Coupé* in ihrer kathedralischen Klarheit. Mit wissendem Augenzwinkern verweist sie auf die daseinsgeworfenen Erfahrungsberichte, die luminösen Witzseiten und liefert einen poetologisch hochambitionierten Abriß der lichtstrahlend transparenten Diktion dieses Heftchens mit. Eine Heldin, wohl. Schon schalten sich Passanten mit verzwickten Fragen ein. Ein Wort ergibt das andere, es werden die ersten Bekanntschaften geschlossen, gemeinsame und unterschiedliche Vorlieben diskutiert und Erfrischungen gereicht. Schampusstimmung!

Da haben wir ja was Schönes angerichtet. Leise stehlen wir uns davon, mit der Einsicht gesegnet: In der Reichshauptstadt werden wir nicht mehr benötigt. Außerdem loben wir Besonnenheit und Weitsicht der Redaktionsleitung.

Vorsicht, One-Liner!

Ein »umfassendes Universal-Lexikon der Verarsche«

Wer nichts wird, wird Wirt, sagte man früher. Heute wird der gefürchtete Schrecken aller Klassenfahrten meistens Gagschreiber für Privatfernsehen und Privatradio. Hat der Klassenkasper dann mit der Nichtigkeit seines »Humors« kognitive Probleme, verfällt er zusätzlich auf die spaßige Idee, das Schlimmste davon zwischen Broschürendeckel zu zwängen. Zum Beispiel Falko Rademacher, der sogar öffentlich damit prahlt, Zuträger unter anderen für Harald Schmidt zu sein. An sich ist das nicht schlimm, solche genetischen Irrläufer muß es auch geben.

Rademacher taufte seinen Erstling *Das zynische Gag-Lexikon. Das universelle Kompendium des respektlosen Humors* (Lexikon Imprint Verlag Berlin, 2000). Es sei ein »umfassendes (sic!) Universal-Lexikon der Verarsche – aber KEIN Witzbuch«, radebrechen Vorwort und Klappentext. Stimmt. Von 5.000 »Gags, One-Linern und Aphorismen« sind 4.000 »Gags« mies bis schlecht, die restlichen 1.000 »One-Liner« sind astreine Doubletten und Triplikate. Offensichtlich überblickt Rademacher sein hühnerbrustschmales Œuvre selbst nicht zureichend, so daß Hunderte »Aphorismen« zweimal oder sogar dreimal vorkommen. Wohl auch, weil der »Lektor« über soviel »universellem« Zynismus eingeschlafen sein muß. Derartige, zudem orthographisch ziemlich respektlos ausgelegte, Verarsche überlese ich sonst höchstens zwischen den richtigen Arschseiten von *Blitz Illu, pfiff!* oder *Landser*. Und gesammelt gibt's das massig bei Fouqué, Frieling oder R. G. Fischer.

Mein Fazit in Rademachers Diktion: Der Mann ist Jahrgang '74. Aber hey, er schreibt, als wenn er 74 Jahre alt wäre. Drei Beispiele gefällig? Bitte, Sie haben es so gewollt:

1. »Vor gut 200 Jahren wurde Wolfgang Amadeus Erwin Mozart geboren. Sie wissen, der Erbauer des Mozart-Hauses in Wien.«
2. »Mick Jagger will ab 2001 wieder eine Welt-Tournee mit den Rolling Stones unternehmen. Die Band heißt dann ›Rolling Stühle‹.«
3. »Im Saarland sprechen viele Leute französisch. Vor allem die Nutten.«

»Witzigkeit ist manchmal Witzarmut, die ohne Hemmung sprudelt«, bemerkte Karl Kraus seherisch. Die eigentliche Verarsche jedoch ist: Über Rademachers Impressum prangt in dicken Versalien: »Vorsicht, Satire!« Aber »Spaß rechtfertigt ja irgendwie alles«, sekundiert Trendskin Matthias Horx, den ich gar nicht gefragt habe. Trotzdem wird Klein Falko zur Strafe unter meiner gestrengen Aufsicht beim Rake-Verlag die Broschüre *101 Gründe, keine Gags mehr zu schreiben* verfassen. Die sollte er besser Profis überlassen.

Bussi für Brussig

Wendehelden und ihre Literatur

Sicherlich muß die Einmütigkeit, mit der ein »Wenderoman« (Ulrich Wickert) zum gesamtdeutschen Großsatire-Roman verklärt wird, argwöhnisch verfolgt werden, und ich sage gleich vorweg: Wer noch nie ein lustiges Buch gelesen hat, der mag *Helden wie wir* (Volk & Welt Berlin, 1996) von Thomas Brussig lustig finden. Aber es ist doch nur lächerlich geworden. Wenn auf einer Seite mehr als dreimal anzüglich-vieldeutige Worte vorkommen, hält das vielleicht noch der Studienrat für insurgent, und wenn es obendrein aus dem Osten kommt, eine vermeintlich bewegte Zeit thematisiert und vorgibt, witzig zu sein, ist der »Wenderoman« schon fertig. Forderte doch die Mundorgelpfeife Wolfgang Thierse: »Warum gelingt es uns nicht, vielmehr über die DDR zu lachen, die trübe Vergangenheit wegzulachen?« *Helden wie wir* ist wie gemacht für ihn.

Das Ärgerliche an Brussig ist, daß er nicht erzählen kann. Gut und gewitzt schon gleich gar nicht. Satire und Komik leben bisweilen auch vom Auslassen, aber Brussig läßt keinen noch so platten Wortwitz aus. Das fängt bei den penetrant eingestreuten *Bild*-Schlagzeilenimitaten an, führt über kabarettverseuchte phonetische

Wortmodifikationen wie »RepräsenTanten«, »Geh!Schlecht« oder »O!Na!!Nie!!!« (der Verfasser will wohl auf profunde Arno-Schmidt-Lektüre hinweisen) bis hin zu schlecht kolportierten Gossenwitzen. Die Satire daran bleibt genauso verborgen wie der Grund für den abgeschmackten Buchtitel.

Eigentlich »erzählt« der Held seine Vita in ein vom amerikanischen Reporter Mr. Kitzelstein (!) hingehaltenes Mikro, hält aber diese schwache Konstruktion über die 322 Seiten hinweg nur schwerlich durch. Da fehlt die nötige Erzähldistanz bei den Kindheitsereignissen und droht die hektische Diktion (ein Drittel aller Sätze sind Fragesätze) den Fluß gänzlich zum Erliegen zu bringen; überhaupt kann der »Erzähler« kaum seine Verwandtschaft mit Norbert Blüm und Lutz Rathenow verbergen. Hinzu kommen Anspielungen, die den Westdeutschen versichern sollen, der Autor habe Sigmund Freud und sogar Woody Allen mit der Muttermilch aufgesogen und beziehe daraus quasi eine Art Mutterwitz.

Für den Helden wählt er den Vornamen »Klaus (putzig, nicht wahr? Reimt sich auf Maus und Haus)« – erste Lacher im Rund – und den Nachnamen Uhltzscht – zweites großes Lachen im gesamtdeutschen Feuilleton. Der Kerl ist noch dazu so beschränkt, erst im Verlauf seiner Pubertät dahinterzukommen, daß sein Vater bei der Stasi arbeitet. Selbstredend kommen die Stasi-Büttel im Kontext nicht ohne exemplarische Dämlichkeit aus, können keinen fehlerfreien Satz aufsagen und überhaupt. Aber das kann Brussig ja auch nicht. Klaus Uhltzscht bricht sich beim Masturbieren (nicht Onanieren!) schließlich strategisch wichtige Knochen (die Studienräte liegen schon mit roten Köpfen unter den Stühlen), um im krönenden Beschluß als Exhibitionist mit überdimensioniertem Schwengel die Grenzposten am 9. November 1989 bis hin zur Maueröffnung zu verwirren. Dito den Leser.

Das Angeführte reicht dem vereinigten Bildungsbürgertum aber hin. Es konstatiert »eine gelächterschwangere Groteske« (*FAZ*), »eine köstliche Mischung aus Tirade und Beichte« (*Badische Zeitung*), »so frech, so geistreich, so witzig und wüst enthemmt« (*stern*), eben eine »Realsatire« (der bekanntlich noch enthemmtere *Freitag*), die freilich nur durch die publizistische Nachgeburt übertroffen wird, die durch sie auf die Welt kam. Der Honorarpastor Christoph Dieckmann (*Die Zeit*) schreibt sogar: »Ein trauriges Buch. Aber wer's liest, der wiehert.« Und wer's nicht liest?

Schlimme Zeiten, in denen jemand in der *taz* behaupten kann, Thomas Brussig erfülle »die Wunschträume der Literaturkritik vom großen Wenderoman«. Wunschträume? Ach was. Vielmehr erscheint die neuerliche Entwicklung im Feuilleton als eine Art Komplott: Ostautoren, die mal ein Buch geschrieben haben und, wie Brussig, den »Shakespearschen Narren« (*FAZ*) für demente Kleinbürger geben, werden totgelobt, und die anderen, die unfähig sind, sich Verlage zu suchen, werden in meterdicke Anthologien gesperrt. Das ist auch eine Form der Entmündigung, nur merken die das im Osten nicht. Wozu auch?

Nun wären da noch ein paar klarstellende Worte zu Thomas Brussigs filmbegleitendem Buch *Am kürzeren Ende der Sonnenallee* (Volk & Welt, 1999) zu verlieren. Es erstaunt mich immer wieder, wie lichtjahrmillionenweit daneben das feuilletonistische Gemeinwesen in der Einschätzung komischer Ost-Produktion liegt. Da braucht bloß ein »robbengesichtiger Bartbarde« (Holger Sudau) aus Hamburg dem Brussig ein Bussi aufzuschmatzen, und schon schreiben die Skribenten es im *Spiegel* nach. Und was das Schlimmste ist: Alle anderen Blätter übernehmen brav und gläubig und tragen somit – es treibt einem Tränen der Verzweiflung und auch der Rachsucht in die Augen – zu einer irreversiblen Verzerrung der Wahrnehmung bei.

Brussig ist so ein Beispiel. Mag er verkaufen, okay. Seine Sache. Aber ist Honeckers vormaliger Nebenbuhler Biermann tatsächlich eine ernstzunehmende Referenzgröße, was Schenkelklopfereien angeht? Das doch wohl nicht. Brussigs Verschriftung des Drehbuches ist ein fußlahmer Fehltritt geworden, so sieht es aus! Eigentlich muß man den Film dazu gesehen haben. Die Figuren geraten ihm zu fahl, und die Witzdichte ist so kläglich, daß man glauben will, jetzt ist es dem Verfasser selbst aufgefallen: Hm, hier könnte wieder mal eine Pointe hin. Ärgerlich. Von der Unwahrscheinlichkeit der meisten Arrangements ganz zu schweigen.

Ich habe in meiner Gewissensnot das Buch drei absolut vertrauenswürdigen Gewährsdamen im Beitrittsgebiet zur Prüfung überlassen – das Ergebnis ihrer hermeneutischen Bemühungen darf ich aus presserechtlichen Gründen hier nicht zum Abdruck gelangen lassen. Zu verabscheuungswürdig sind die Begriffe, die sie für Brussigs Fähigkeiten und Fertigkeiten gewählt haben. Und ins Bett wollen sie auch nicht mit ihm. Dankbar bin ich den Damen aber für die Hinweise auf eklatante Temporafehler, auf die nachgerade stümperhaften Wortwiederholungen. »Da lache, wer darüber lachen kann«, bringt es Kürzel »I. M.« (nomen est auch ganz passend) für das Dresdner Stadtmagazin *SAX* auf den Punkt. Daher verwundert mich um so mehr die Brussig-Einschätzung einer *taz*-Rezensentin mit nachweislicher Ost-Vergangenheit, darin ich lesen muß, man kullere vor Lachen vom Sofa. – Liebe Frau Westphal, ich bitte Sie. Nichts davon bei mir. Und ich lache gern, sehr gern.

Kaffee, Tabak, Rollschinken

Lachen mit dem MfS

Mottentief im Haarkleid der Mutter Erde verborgen liegen die ostdeutschen Kleinstädte, in deren Rathäusern die Schriftsteller, aber auch die Lyriker seit Schlag zehn Jahren die Flamme der Friedlichen Revolution umsorgen. Statt sich aufs Ausgedinge zu begeben und von Ausfallhonoraren zu leben, haben sie sich das Staunen bewahrt. Versonnen ziehen sie schlaffe Einkaufsbeutel hinter sich her und schnüren vor dem Sonderangebot mit Fördermitteln für Gedichtanthologien auf und ab. Emsig korrespondieren sie in gemäßigter Kleinschreibung oder sitzen für die Revolutionspartei CDU ihre Pensionsberechtigung in Land- und Bundestagen ab. Von fern tönt die klare Weise der Marzipantrompete des örtlichen Freejazz-Klöppelkurses und mischt sich unter die Würfelgeräusche mit dem Kommabecher ...

... da ereilt sie unverweilt der Ruf von den historisierenden Modelleisenbahnern der Konrad-Adenauer-Stiftung. Ein Lexikon der Opposition und des Widerstandes in der SED-Diktatur solle vollgeschrieben werden, und ob man da nicht Lust zu habe. Über die Zeit, als die nach unten offene Hinze-und-Reiner-Kunze-Skala erfunden wurde und die Bartpreise in die Höhe schnellten und und und. Die Hüter der Ewigen Flamme sind unentschlossen. Man sei sehr beschäftigt: Hier müsse ein Mesostichon gegen die Arbeitslosigkeit, dort ein dringend benötigter Bärbel-Bohley-Sonderwertzeichengeber eingeweiht oder ein *MUT*-iges Interview gegeben werden. Wildes Kopfkratzen, kokettes Sträuben, dann aber doch Zusagen sind eins.

Schließlich: Wenn Deutsche Revolution machen, haben sie was zu erzählen. Jeder, der früher einen Vopo mal grimmig angeschaut hatte, durfte mittlerweile ein Buch darüber schreiben. Nun wird es langsam Zeit darauf hinzuweisen, wer hier eigentlich den Hut aufhat. »Längst ist diese qualmende Geschichte auch zum Tummelplatz der professionellen Forschung geworden, die so gerne ihre Objektivität herausstreicht und doch auch auf unterschiedliche Weise und mit unterschiedlicher Perspektive interessengeleitet ihre Arbeit verrichtet.« So sagt es Herausgeber Hans-Joachim Veen in seiner Einführung. Da ahnen wir schon, was uns an wissenschaftlichen Einbrüchen erwartet.

»Wie tief der Einbruch tatsächlich war, zeigten die Erfolge der im November 1954 eingeführten Jugendweihe. Die Kirchen bliesen zwar zum Sturm gegen dieses atheistisch akzentuierte Anpassungsritual, mußten aber erleben, daß sie als Offiziere nach vorne stürmten, während die unmittelbar betroffenen Eltern und Jugendlichen in einer immer größer werdenden Zahl in der Deckung der Schützengräben blieben.« Eine Riesenschweinerei, ist doch klar. Was tun?

Viel.

Der Wissenschaftler Ilko-Sascha Kowalczuk berichtet ergriffen von der »Umbenennung eines Fahrgastschiffes ›Stalin‹ in ›Bayern‹«. Ein Schweriner Freundeskreis christlicher Schüler pflanzte daraufhin Bäume, »und es kam zu einer regelrechten Baumpflanzbewegung«. Der ruhmreichen Kampfgruppe gegen Unmenschlichkeit (KgU) standen zudem »Stinkbomben zur Störung von SED-Versammlungen« zu Gebot, und Georg Meusel gestaltete seit 1968 »Briefmarken-Ausstellungen zu Martin Luther King«. Die Protestwelle erfaßte mit der Zeit Dutzende unbekannter Bürger. »Zum Beispiel dokumentierten Chemnitzer Mitarbeiter der SED-Parteizeitung *Freie Presse* im Herbst 1988 ihre Empörung [...], und zwar dadurch, daß sie im Titel der Zeitung im Wort ›Presse‹ den Buchstaben P gegen ein F austauschten.« Da war der Sieg zum Greifen nahe. Doch »der Vorschlag, am Bußtag um 13 Uhr – zeitgleich zum routinemäßigen Sirenen-Probealarm in der DDR – in allen Kirchengemeinden auch die Glocken zu läuten, konnte wegen des Widerstandes der SED nur partiell umgesetzt werden«. Die staatlichen Grünanlagenbetriebe lehnten zwar immer noch häufig »aus politischen Gründen« weitere Beteiligungen an den christlich akzentuierten Baumpflanzungen ab, da wurden zu Weimar »in der Nacht vor der Eröffnung eines der verhaßten ›Delikat‹-Läden [...] die Schaufenster eingeworfen«. Die Folgen sind Ihnen bekannt.

»Das oppositionelle Potential« der jüdischen Gemeinden war naturgemäß »gering«. Obwohl, wie Hans-Joachim Veen richtig einschätzt, »auch das [West-, d. V.] Paket mit einem Päckchen Kaffee, etwas Tabak und einem Rollschinken [...] zur Stärkung der oppositionellen Potentiale in der DDR beitragen« konnte. Nein, diese störrischen Juden. Selber schuld.

Selbstverständlich bekommen sämtliche »dissidentischen« Flintenmädel, von Bärbel Bohley über Vera Lengsfeld bis Ulrike Poppe, ein »interessengeleitetes« christelich Siegerkränzlein geflochten. Man macht sich gar nicht erst die Arbeit, über Objektivität nachzudenken. Der Widerstand war ja teilweise so geheim und nur den jeweiligen Aktivisten als solcher erkenntlich, daß man sich gleich selber anhimmelt. Stefan Wolle, Günter Jeschonnek, Rudi-Karl Pahnke, Siegmar Faust, Thomas Auerbach, Peter Eisenfeld, Maria Jacobi, Maria Nooke, Ulrike Poppe, Ralf Hirsch, Ehrhart Neubert, Rüdiger Rosenthal, Karim Saab, Uwe Koch oder Stephen Bickhardt heißen die Stimmungskanonen, die sich siegesbesoffen selber zitieren und ihr eigenes Werken und Wirken rezensieren, damit ja keiner zu kurz kommt. O du fröhliche Wissenschaft!

Auch der Frieden kommt nicht zu kurz: Friedensbibliotheken, Friedensdekaden, Friedensforen, Friedensgebete, Friedenskreise, Friedensnetze, Friedensseminare, Friedenswerkstätten, Friedensfrühstücke – all das, man glaubt es gern, bildete den Kern der Vorbereitungen für die Friedliche Revolution, die Ehrhart Neubert nicht müde wird die Protestantische zu nennen. Diese Einfalt ist gewollt.

Ihren Frieden mit der Muttersprache haben die insgesamt 92 Friedensbewegungsmelder in ihren 347 Lemmata freilich noch nicht gemacht. Da »gelang es K. Jahr, M. Scriba und U. Koch, sich in den Jahren 1988/89 aus Thüringen wegzubewegen«, dort wurde »durch das Heranziehen von Schreibkräften [...] die Auflage [der unabhängigen Künstlerzeitschrift *Anschlag*, d.V.] auf vierzig Stück erhöht«, werden »Konflikte ausgegrenzt«, »floß die Ausreisebewegung mit der Fluchtbewegung zu einer unaufhaltsamen Symbiose zusammen«. »Die Bluesmessen waren nach kurzer Zeit eine völlige Überraschung. [...] Die SED wollte die Bluesmessen nicht«, schwärmt Rudi Pahnke. Verständlich.

Ganz anders in Brandenburg: »Während des Juni-Aufstandes am 17. Juni 1953 beteiligte sich die Bevölkerung in zahlreichen Dörfern und Städten des Landes.« Das ist schön. Nur woran? Zum Beispiel »Schwarzhandelsgeschäfte [...] auf Basis von Buntmetallen, bei deren Beschaffung nicht selten mit voller Absicht Telephonleitungen von SED-Einrichtungen, von Polizei und Staatssicherheit geschädigt wurden [...], waren für kleinere Gewerbetreibende oft die letzte Überlebensschance«. Schreibt Friederike Sattler. Das muß man sich mal vorstellen. Anderen wiederum »drohten [...] sippenhaftähnliche Bedrängnisse«.

Auch topographisch sind die Autoren top: »Der Freiberger Hauptbahnhof liegt genau in der Mitte zwischen Dresden und Chemnitz.« Das hat Bernd Lippmann herausgefunden. »Der Höhepunkt der unabhängigen Friedensbewegung lag im Jahr 1983«, kontert der berühmte Forscher Hubertus Knabe. Toll. Aber das dürfte ehemals »jüngere Umweltinteressierte« kaum überraschen. »Die

Mitarbeiter der Umwelt-Bibliothek wurden nicht [mal, d. V.] beim Druck der *Grenzfall*-Ausgabe ertappt.« Wiewohl es die Stasi sicher »vorprogrammiert« (Wilhelm Knabe) hatte. Ob sich Robert Havemann posthum gerne »Geheimer Informator« (Werner Theuer) nennen lassen würde, ist umstritten. Dafür nahm in Jena die Freizügigkeit beizeiten überhand, wie ein Udo Scheer prahlt: »Sie trugen Parkas, längere Haare und duzten sich.« Unglaublich. »Es kam zu einem großen Kirchensterben in der DDR«, ergänzt Ehrhart Neubert. Vermutlich deshalb.

Neidisch darf man auch bei Tobias Hollitzer werden. »Die sich entwickelnde Punk-Szene erhielt keinen Raum in der Gesellschaft. Kulminationspunkt war in Leipzig die 1982 äußerst brutale Räumung eines von Punks besetzten Abrißhauses und deren Verhaftung. Dieses Ereignis war ein wichtiger Ausgangspunkt für die sporadisch seit 1978 stattfindenden Friedensgebete in der Nikolaikirche und die Offene (Jugend-)Arbeit der Kirche, die später wiederum selbst wichtiger Ausgangspunkt für oppositionelle Aktivitäten und Gruppen wurden.« Super. Ganz ähnlich sieht das *Spiegel*-Redakteur Hans Michael Kloth: »Eine wichtige Rolle für die Punk-Bewegung spielte die Punk-Musik.« Klar, hier sind Kenner am Werk.

Der heimliche Star des Lexikons aber ist Ilko-Sascha Kowalczuk. Der Friedensfrühstücksdirektor hat sich ebenfalls das Staunen bewahrt, und zwar vor den Regeln, die man zu beherzigen hat, um Worte sinnvoll nebeneinander zu reihen. Die Liedermacher der DDR »erzielten hohe Plattenverkäufe und stets ausgebuchte Konzerte«, meint er. Großartig. Weiter, gib's uns: »1968 zählte zu den turbulentesten Jahren des 20. Jahrhunderts. [...] Das Jahr 1968 war [...] kein herausragendes Jahr in der Geschichte des widerständigen Verhaltens in der DDR. Es war aber insofern bedeutungsvoller als viele andere für die Oppositionsgeschichte in der DDR, weil in diesem

Jahr Prozesse in Gang gesetzt wurden, die letztendlich zum Herbst 1989 hinführten.« Bravo. »Dennoch stellte das *Sputnik*-Verbot und die sich anschließenden Proteste einen Mosaikstein auf dem Weg zu den Massenbewegungen vom Herbst 1989 dar.« Wie aber erging es Bettina Wegner? »Sie wurde gemeinsam mit Klaus Schlesinger 1975 bis 1983 im OV ›Schreiberling‹ vom MfS observiert und zersetzt.«

Und was – ist gleich Schluß – was war so in Neubrandenburg los? »Die Stadt hatte ein rasches Bevölkerungswachstum erfahren.« Wunderbar. Das soll für heute genügen. Den Rest müssen Sie schon selber nachlesen (*Veen, Hans-Joachim/Eisenfeld, Peter/Kloth, Hans Michael/Knabe, Hubertus/Maser, Peter/Neubert, Ehrhart/Wilke, Manfred [Hrsg.]: Lexikon Opposition und Widerstand in der SED-Diktatur.* Propyläen Verlag München, 2000). Sie sehen ja, es lohnt sich.

Einmal nach den Rechten sehen

Eine Polonaise quer durch die Zeitschriften der Skinhead-Szene

Überall schießen die Skinzines wie Scheißpilze aus dem Boden, als meist mangelhaft kopierte und montierte Machwerkchen, die in ihrer formalen Simplizität sehr an Schülerzeitungen erinnern. Der ungeübte Leser stutzt anfangs ob der eigenartigen Orthographie. Denn abgewandelt vom Schlachtruf der ursprünglich britischen Oi-Bewegung, die sich noch als Repräsentant der »working class« fühlte, knallen uns unsere schwerdeutschen Nazi-Skins bei jeder nur möglichen Gelegenheit die Oi-Schreibweise um die Augen: Noie Werte, Loite, Volkstroie, Doitschland, Froinde und Erloichtung. Einfach goil! Das setzt Gewöhnung voraus. Noch mehr verwundern müssen uns die frechen »Säzzerbemerkungen« oder das Kürzel »Redax« für Redaktion, die wir gewiß aus ganz »anderen Zusammenhängen« kennen dürften.

Die Heftchen werden zu einer Unkostengebühr von zwei bis drei Mark, recht unregelmäßig, meist aber vierteljährlich, versandt, haben Auflagen von 500 bis 1.500 Exemplaren und tragen Namen wie *Volkstroie, Endsieg, wie jetzt, Proissens Gloria, Anhalt Attacke, Stolz & Troie, Schlachtruf, Frontal* oder einfach *Skinheadzeitung*.

Als ideologische und auch grammatische Flaggschiffe werden die Hefte *Proissens Gloria* (Ostberlin) und *Frontal* (Essen) gehandelt. Erscheint das Bremer *wie jetzt* schon mehr hoolkompatibel und funorientiert, versteht sich *Volkstroie* (Recklinghausen) als sauber deutschnational und der Wiking-Jugend verbunden, und überhaupt ist viel von Einstellung und Skinheadselbstverständnis die Rede. Die »liberalere« Geli hingegen wünscht sich vermutlich, daß ihr Volk auf den nächsten Wahlzetteln endlich mehr Kreuze mit Haken krakeln möge und O-tönt im *Angriff* (Uslar): »Ich bin bestimmt kein Ausländerfreund aber den Weg den einige Leute einschlagen und dazu den Namen der Bewegung mißbrauchen kann und will ich nicht akzeptieren. Es ist viel sinnvoller sich bei den Verantwortlichen des Asylproblems zu beschweren damit die Bevölkerung endlich einsieht daß wir keine Söldnerschüler ohne Grips sind wie es in der Zeitung zu lesen ist.« Dort (in der Zeitung; d. V.) weiß man jedenfalls um die Existenz des Kommas.

Das schlichte Weltverständnis wird ausnahmslos in schlichtes Wort erlöst, und der aktive wie passive Wortschatz überschreitet die Traummarke 500 nur unwesentlich. Für Rasse & Nation wird reichlich wirr herumgegurkt, scheppern die Sätze, vollgepfropft mit pubertär-martialischem Unfug, denn Skinhead sein heißt: »Saufen, bis der Notarzt kommt«. Skin sein heißt auch, rechts sein, und rechts ist eigentlich alles, nur nicht links. Und links ist alles, was nicht rechts ist. Und über allem steht Odin.

Die Band Kroizfoier meint: »Skin sein bedeutet erstmal Kampf für Deutschland mit viel Spaß dabei. In zweiter Linie bedeutet es aber auch, anders zu sein als der konsumierende Durchschnittsmensch und den krummnasigen Verhaltensweisen kräftig entgegenzutreten, die unser Volk zu einer Herde herkunftsloser Mulatten mutieren läßt.« Holla!

Gleichsam avantgardistisch, weil in konsequenter Kleinschreibung und mit deutlich mehr Kommata, distanziert sich »der heilige Schefredakteur« von *wie jetzt* vom »feigen anschlag in mölln«, weil der sei »hinterhältig und absolut schwachsinnig«. Aber im Prinzip richtig, denn im Editorial von Heft 3 werden die Marschrichtungszahlen für die militante Dosenbierkonversation so vorgegeben: »wo ich diese zeilen schreibe [...] kommt wieder einmal ein arbeiter nach hause, der seiner frau sagen muß, daß er entlassen worden ist, ein zuhälter haut vielleicht einer seiner huren was auf die fresse, am bahnhof kratzt ein süchtiger ab, während ein kurde seinen nächsten deal macht [...] vor dem sozialamt stand auch heute wieder ne schlange, in der zeitung gibts was über ein neues scheinasylantenheim zu lesen, ein 14jähriges mädchen macht seine erste sexuelle erfahrung mit einem türkenboy [...] und vor irgendeiner kneipe wird gerade ein skinhead von ner streetgang abstochen und morgen schreibt ein journalist: skinhead prügelte auf ausländische jugendliche ein, sie handelten in notwehr ...« Dazu passend hakt die »Redax« von *Frontal* auf ihrer Bekennerseite ein und fragt: »Ist es denn nicht Notwehr, wenn gegen Asylanten vorgegangen wird ...?«

Bei den Bandinterviews beeindrucken allein schon die Namen: Macht & Ehre, Märtyrer, Ian Stuart, Tonstörung, Kraftschlag, Stuka,

Sperrzone, Ian Stuart, Noie Werte, Bomber, Wotan, Kroizfoier, Kettenhunde – die Böhsen Onkelz sind schon seit Urzeiten als Verräter stigmatisiert –, Ian Stuart, Ian Stuart und, natürlich, Ian Stuart. Wichtig anzuführen wäre vielleicht noch der verblichene Ian Stuart, Kopf der britischen Band Skrewdriver, der für den Skinhead eine Art Jimi-Hendrix-Surrogat ausfüllt.

Ungeachtet dessen, laufen sämtliche Interviews nach dem gleichen Muster ab; ein Großteil wird sogar rein schriftlich abgewickelt. Lieblingsfragen sind: Wie ist Oire aktuelle Besetzung? Welches sind Oire Lieblingsbands? Wie steht Ihr zu Ian Stuart? Wie ist so die Szene bei Oich? Wie seid Ihr politisch eingestuft? – Ganz klug zog sich bei dieser Frage Kalle von Bomber im *Stolz & Troie*-Interview aus der Affäre: »Ich bin normal rechts, was es damit auf sich hat, weiß ich nicht.« Der Verfassungsschutz hat ähnliche Sorgen. Während die »Redax« von *Frontal* meint, S.H.A.R.P.s einfach totschlagen zu müssen, will die Combo Wotan mit S.H.A.R.P.s nicht mal reden.

Mit einem schönen Schwank wartete einmal das Bremer *wie jetzt* auf: Der Redakteur kolportiert, er habe »auf Montage« vernommen, in Schwedt sei im Juni 1992 (!) eine Gartenschau mit Showprogramm eröffnet worden. Bei dieser Gelegenheit habe, nein, nicht Ian Stuart, sondern Gottlieb Wendehals mit den eingeborenen Skins Bier getrunken und ins Mikro gegrölt: »Das sind meine Freunde.«

Skinpolonaise unter den Klängen von »Jetzt geht's los, jetzt geht's los, unser Durst ist riesengroß …« So wächst zusammen, was zusammengehört. Und ab damit in die braune Tonne.

Geld allein macht auch nicht unglücklich

Der Blockwart als Pfennigmillionär

Achtzig Prozent der Steuerliteratur weltweit entstammt deutschen Federn; das muß man wissen, bevor man sich einem Gegenstand zu nähern beginnt, der im eigentlichen Leben doch so gar keine Rolle spielt. Denn der ganze Steuerquatsch ist ein einziger Hype und Riesenscheiß: Schulden auftürmen oder Unfug kaufen, um Steuern zu sparen. Heilige Einfalt! Hauptsache, der Kapitalismus funktioniert ungebrochen.

In diesem Land kann man ein Vermögen mit Quittungsvordrukken machen, oder indem man, wie Franz Konz, *1.000 ganz legale Steuertricks* schreibt, Untertitel: *Für alle, die zuviel Steuern zahlen*. Kein Vermögen macht man, wenn man den mittlerweile in der zigsten Droemer-Knaur-Auflage erschienenen Ziegelstein bei 14 Mark (steuerlich absetzbar) ersteigert und anschließend liest.

Grundbeweg dieses Buches ist der Neid, das neidische Gieren danach, was der andere besitzt, das schwere Beneiden seiner Fähigkeit auch, nochmals andere respektive den Staat zu bescheißen. Wer Steuern zu sparen versteht, der versteht sich selbst als »Fuchs«, als »Steuerfuchs«. Und wer in diesem verschwörerisch anmutenden Soziotop eine Mitgliedsnummer hat, wird selbstredend geduzt.

Franz Konz duzt den Leser und inszeniert eine Art Konspiration. Seine Diktion ist jedoch gehalten, als wolle er Rentner, Sieche und Behinderte agitieren. Die letzthin entscheidenden sog. Steuertricks staffeln sich einer schwer durchschaubaren Nomenklatur zufolge in »Tips«, »Guter Rat«, »Wichtiger Hinweis«, »Achtung! Supertrick!« und »Goldener Rat«. Seine Erbkontrahenten ruft Konz »Ritter von Fiskalia«, »Fiskalritter«, »Bürokrauts«, »Fiskalknechte«, »Gebührenritter«, »Waigel/Eichel & Co.«, »Geldmarodeure«. Dabei darf er selbst ruhig, um mal im echt Konz'schen Jargon zu verweilen, ein »Spesenritter von der Schwafelrunde« gerufen werden, insofern er das dem Deutschen als genetischer Stempel eingebrannte Regel- und Unterordnungsbedürfnis aufs trefflichste bedient. In Konzens Welt paradieren mithin keine Menschen, woher! Der Chef (denn den gibt es immer) heißt »Brötchengeber«, »der alte Geizkragen« oder – ganz oft! – »der alte Brummbär«, von welchem der Angeduzte »Emmchen«, »Piepen«, in jedem Fall aber »sauer verdiente Groschen« bekommt.

Wer indes liest und folgt Konz? Es sind die kleinen Feiglinge von nebenan, die, anstatt ihren Peinigern ein paar zu kleben, lieber nach Hause rennen, um Rabattmarken zu kleben. Es sind jene Lachbojen, angesichts deren Sozialcharakter man froh sein muß, daß man sie nicht schlankweg anstellen läßt, was sie anstellen wollen. Das durften sie nämlich schon mal 1.000 Jahre lang ausprobieren.

Es ist der Heim-, Haus- und Hobbyfaschist, der das Draußen nicht kennt und gar nicht kennen will, der seinen Welthaß darauf fokussiert, dem Staat vermittels dreier beim Steuertricksen eingesparter Groschen ordentlich alles heimzuzahlen – oder eben nicht. Ein Volk von einig Schwachköpfen, Buchhalterseelen, Erbsenzählern und Narkoleptikern versammelt sich zur Konz-Lektüre, ein Volk von verarschgeigten Blockwarten, die nachrechnen, ob sich wohl die Streichhölzer fürs Asylantenanzünden absetzen ließen, wo sie besser die eigene Existenz in ihrer justitiablen Qualität zu begreifen hätten.

Abrichten ließen sie sich vom zuständigen Finanzamt und dann von ihrem Konz für ein Leben als Pfennigmillionär, dem nach alten Mendelschen Gesetzen ausgekreuzten und kreuz und quer gekreuzten Klon aus Benjamin Blümchen und Helmut Markwort. Konz tut deshalb recht daran, ausschließlich männliche Adressaten vorauszusetzen. Und wenn auch der offensichtlich frauenfeindliche Habitus mit steigenden Auflagenzahlen moderater geworden ist, so kommt die Frau doch allenfalls als »eine Frau«, als »holdes Weib«, »Herzblatt« oder »ehemals süßes Mäuschen«, doch nie als Subjekt in Betracht.

Nein, Konz ist ja darüber hinaus auch jener große Mahner vor dem Herrn, der das Recht auf zivilen Ungehorsam neu definiert. Vor die Steuertrickserbrust hat er sich reichlich bürgerbewegtes Engagement geschnallt: seine klebrige Vorliebe für den WWF, seine aufwallende Begeisterung für Robin Wood oder Greenpeace – Organisationen, bei denen das Geld angeblich in den richtigen Händen sei. Besonders ungezogen, um nicht zu sagen: ungehorsam, tritt der Bürger aber laut Konz dann auf, wenn er die eigene Tochter pro forma als Putze einstellt und die attraktive Freundin während heikler Geschäftsverhandlungen für Ablenkungsmanöver einsetzt, alles in allem, damit sich »die vom Finanzamt schwarzärgern«.

Tip 709: »Ist dein Ehepartner nach der Scheidung wegen des Theaters in der Klapsmühle gelandet, dann kannst du diese Kosten zusätzlich als außergewöhnliche Belastungen abziehen.« Bravo! Tip für die nächste Auflage: Abzugsmöglichkeiten bei geistiger Behinderung der eigenen Tochter, nachdem man sie sexuell (zur Zeit ganz im Trend) mißbraucht hat. Geld allein macht nicht unglücklich, man muß auch eine wahrhaftige Drecksau sein.

Auf dieser Basis ist Konz – mittelbar freilich – Anstifter zu Straftaten. Seine Leser sind a priori Leute, denen jeder überzählige Pfennig weggenommen gehörte, weil sie doch nur Unheil damit anrichten würden: Vogel- oder Rehfamilienmotive auf den Hausputz applizieren, den Garten mit Blautannen vollpäppeln, den letzten freien Quadratzoll der Wohnzimmerwand mit abermalig qualvoll überflüssigem Nippes zukleben und zum Schutz ihres Kleinreichs das »sauer vom Munde Abgesparte« – man erinnere sich an die 1992 in Dolgenbrodt zwecks Brandanschlag aufs fertige Asylantenheim durchgeführte Gemeindekollekte – einigen zum Nachholen des Grundschulabschlusses beurlaubten Zeitsoldaten aufnötigen, damit die des Gemeinwesens Drecksarbeit erledigen. Selbst hat man dazu keine Zeit, es muß ja schließlich Konz gelesen werden.

1.000 ganz legale Steuertricks (präzise: 1.477) ist das Fettauge auf dem Trendstrom zum Zweitbuch für jeden anständigen Deutschen – gleich nach der Märchenfibel oder dem Konversationslexikon. Für uns ist es die Bibel der Hölle, wie sie sich ganz real und alltäglich manifestiert: die Kegelabendersatzwelt, in der man nicht »mit der Wurst nach der Speckseite« wirft, man den Lohnbuchhalter seiner Firma »mit einem Fläschchen Kölnisch Wasser oder einem Kästchen Zigarren« milde stimmt, dem Steuerprüfer »Kaffee und Imbiß« reicht und ihn eben nicht zum Teufel jagt.

Konzens Buch ist die Bastelanleitung für eine Welt, die man im purgatorischen Kessel zehn Ewigkeiten unter gelegentlichem Umrühren auf kleiner Flamme kochen, dann Äonen bei leicht gelüpftem Deckel ziehen lassen sollte. Anschließend ab in den Orkus damit. Für immer.

Orte, die man meiden sollte

Heute: Metropolenverlage

Mit verständigen Menschen kann ruckzuck Einigung darüber erzielt werden, ein Konstrukt wie die Metropole schmarotze zum Gutteil davon, daß eine stets unerschöpfliche Schar hochgeheizter oder sonstwie das Rad ab habender Zeitgenossen sich in der Einbildung suhlt, man müsse in die nächstgrößere oder besser gleich in die größte Stadt der Berliner Republik ziehen, nur um die eigenen Desiderata mehr beziehungsweise weniger güllig zu vitalisieren.

So ergeht es auch Verlagen, die nach Berlin gezogen sind und sich nunmehr Metropolenverlage nennen.

Lesen Sie nun von den zwei blutjungen Autoren, die es infolge einer freundlichen Einladung ihres Metropolenverlegers in die nämliche Stadt zog, die aber zunächst, nicht dumm, die Gelegenheit flugs mit dem Besuch in den heiligen Hallen einer winzigen Zeitung verknüpften. Sogleich durften sie bei der Sportseite mithelfen, dafür die liebenswerten Redakteure mit allerlei dussligen Fragen von der Lohnfron abhalten. Eine Einladung in einschlägige Bierlokale wehrten sie bescheiden ab. Man hätte da noch einen Termin mit einem Metropolenverlag – Sushi essen. Aber hinkutschieren ließe man sich gerne.

Was das blutjunge Autorenduo nicht ahnen konnte: Der Metropolenverleger hatte die Einladung an seine derzeitigen »Lieblingsautoren« kurzerhand widerrufen, allerdings zu einem Zeitpunkt, da sie sich bereits erwartungsvoll in öffentlichen Beförderungsmitteln weit weg von zu Haus befanden. Widerrufen, weil die beiden schüchternen Künstler, die im Übermaß der ihnen zu Gebote stehenden Freundlichkeit nachweislich ihresgleichen suchen, eine winzige Handvoll Monita an den Herstellungspraktiken ihres aktuellen Buches im Metropolenverlag hinausgeweint hatten.

Die Jungautoren, jedenfalls, stiegen unwissentlich die Tausenden Treppen zum Metropolenverlagskoben hinan, in dem an allen Ecken Fernsehgeräte B-Movies ausstrahlten und Billardtische den Weg verstellten. Beklommen klopften sie an die Stahltüre und bekamen bösen Bescheid. Öffnete doch der Metropolenverlegersmann mit einem Ruck und sprach: »Ich will mit euch nicht sprechen!«

Es wäre überhaupt kaum geschwindelt, wenn man die zügigen Veränderungen, die sich auf den Gesichtern unserer beiden blutjungen Freunde abspielten, als Äußerungen größter Verblüffung, aber auch der hilflosen Anklage interpretierte.

Nur der Umsicht und dem besonnenen Handeln der beiden Zeitungs-Redakteure Lösch und Meueler, die in einem Lokal nebenan noch fix einen Roten beziehungsweise ein Bier zischten, ist es zu verdanken, daß das Autorenteam nicht augenblicklich Zerstreuung in Sachbeschädigung, Landfriedensbruch, Körperverletzung und anderen, sicher im Affekt nicht unüblichen Rechtsübertretungen suchen mußte.

Hernach stellten sie gemeinsam feinsinnige Betrachtungen darüber an, daß Metropolen – und da besonders die Metropolenverlage – weiß Gott nicht allein Ballungszentren der Klugheit sind. Nein, das beileibe nicht. Und dann war alles wieder gut. Na ja, fast alles. Sogar ein, wenn auch ziemlich verhuschtes, Lächeln glaubten die besorgten Redakteure am Ende des Abends auf den Gesichtern der gebeutelten Nachwuchsdichter bemerkt zu haben.

Gehörtes

Der Gleichschalterbeamte

Dieter Gorny, Deutschlands wichtigster und berühmtester VIVA-Chef, erklärt der Frankfurter Rundschau *anläßlich Popkomm und Börsengang mit VIVA seine Welt*

Wenn drei Milliarden Kölner Zellen dauerhaft eine Luftverdrängung von zirka drei Kubikkilometern aufrechterhalten, um nahezu die gleiche Menge heiße Luft vor dem Draußen zu beschirmen, dann kann es sich nur um Dieter Gorny handeln, unter uns Poptheoretikern kurz: »der Dieter«.

Als »Mann« von wattplatter Affektstruktur, hat er es sich seit sieben Jahren auf seinem PopKommödchen kommod gemacht. Und er hat überhaupt nichts dagegen, von seinen Kritikern als Schnelldenker und Quersprecher, Moment: Schnellsprecher und Querdenker kategorisiert zu werden. Aber »von seinen Kritikern«? – Da haben wir schon oft gelacht, das ist selbstverständlich ein Euphemismus. Eigentlich sollte es »Auslacher« heißen. So bleibt es beim alarmierenden Zeichen des unaufhaltsamen Niedergangs, wenn Leute wie Dieter Kritiker haben können.

Es ist weniger wegen seiner Zeit als aktiver Kanzlerberater für Schröder in Jugendfragen und so. Es ist vielmehr deswegen, weil Dieter zu der Rotte »notdürftig auf porös geschmirgelter Parvenüs« (Holger Sudau) gehört, die »der Jugend« – was auch immer »die Jugend« sein soll – gnadenlos die Konsumbedingungen diktieren, um die Echos des dieserart geklonten Stimmungskanonenfutters als reale Bedürfnisse auszugeben und daraus die Existenzgrundlage eines »Senders« (Horst Tomayer) wie VIVA abzuleiten. In Dieters Diktion transkribiert: Den »Service dort anbieten, wo ihn die Zielgruppe abholen will«. So hat er es Wort für Wort auch der *Frankfurter Rundschau* zugerufen.

Und gleich noch was hinterher: »Popstars sind vor allem dann sexy, wenn sie etwas zu sagen haben.« Das heißt im Subtext: Ich, der Dieter, bin ja irgendwie auch einer. »Irgendwie« mag sein. »Einer« vielleicht auch. Aber Popstar? Ganz gewiß ist er einer der »Säulenheiligen der Irgendwiekultur« (Lissy Schmidt). So besoffen von sich selbst, daß er nie mehr aufhören kann, von sich selbst und von seinem »Lieblingstheoretiker« Diedrich Diederichsen zu schwadronieren. Nicht ohne dabei zu vergessen, daß wir, wie er schon wieder den Frankfurter Würstchen erzählt, »in der aktuellen Debatte um Rechtsradikalismus und die nötige Zivilcourage [...] mehr junge Erwachsene und Jugendliche ansprechen« müßten. Klar doch, Dieter, machen wir. Oder mach's am besten selbst. Mit VIVA: »Die Käufer greifen häufiger als früher zu Musik aus eigenen Landen, weil sie finden: ›Die sagt mir mehr, die spiegelt viel eher mein Lebensgefühl wider.‹« Genau, den Rechten keinen Raum lassen. Anders – und ausgerechnet wieder der *Frankfurter Rundschau* – gesagt: »Sie müssen bei dem Medium, aus dem Sie kommen, ständig zu radikaler Erneuerung bereit sein. Sie müssen in die Horizontale gehen.«

Gewiß, Dieter kann auch schon »Globalisierung« sagen, »New Economy« und »Internet« und »Start up«. Auch dieser Zeitung. Doch es bleibt die spacke Seligkeit des Begriffslosen. Wo er keine Worte mehr findet, hat er nur noch »Pop«. Für den Stolz auf die eigene Unwissenheit hat man früher die Provinz verlacht, sogar in der *Frankfurter Rundschau*. Das war früher. Und heute ist heute.

»Damals transportierte Pop immer auch ein gesellschaftliches Alternativ-Modell.« Das »immer« ist todsicher falsch, nicht, weil er es wieder den Kollegen von der *Frankfurter Rundschau* zugeraunt hat, sondern weil es eben zum Basisvokabular dieser verlausten und von Grund auf verkommenen Kaste gehört, die sich jedem an den Hals schmeißt, der das Sagen hat, oder von dem sie will, daß er das

Sagen haben sollte. Für immer. Sie sucht und findet ihr Heil in der Ausschließlichkeit, der Totalität des irgendwie Zufriedenseinwollens. Die Diktatur des Debilen, das auf alles allergisch reagiert, was ihm seinen Spaß verderben könnte. Mit dem Haß der Konvertiten verdammen sie alle, die das zum Lebensprinzip – halt, nein: Daseinsprinzip erhobene Ablecken von Schröderzigarren noch nicht begreifen wollen.

Und das ist nur der Anfang. Die Welt ist ein einziger Partykeller, den man später prima zum Hobbykeller mit Trash-Optik ausbauen kann. Ein Terrarium der Nichtskönner, der Beliebigkeiten und assortierten Scheußlichkeiten. Jugend trainiert für Betriebsausflug, für den meutenmutigen Drang nach Geselligkeit, Identität und Eierlikör. Wenn wir schon wissen, daß wir Müll sind, dann laßt uns wenigstens den anderen gründlich auf die Nerven gehen. Gemeinsam sind wir stark. Die anderen werden schon sehen, was sie davon haben, wenn sie uns nicht mögen.

Aber »auch Börse ist Pop«, erfahren wir zusammen mit seinen Frankfurter Interviewern Martin Scholz und Thomas Wolff – logisch, Dieter, was denn sonst. Und »Pop hat nie etwas bedeutet. Genauso, wie es alles bedeuten kann«. Wo wir sofort den Ausschalter betätigen würden, findet Dieter nur den Gleichschalter. Die ubiquitäre Beliebigkeit braucht lediglich Beamte, die sie verwalten. Das ist der sich selbst feiernde »Kult«: Keine-Ahnung-haben als Gesellschaftsentwurf – Gegenkultur von oben.

Dieter ist so einer, und demzufolge auch Pop. Er kann vielleicht alles bedeuten oder auch nichts. Oder am besten irgend etwas dazwischen. Heiße Luft, zum Beispiel.

Unser größer Einfalzpinsel

Blixa Bargeld macht seinem Namen Ehre

»Das ist das positivste Geräusch überhaupt! Alte Gegenstände, Bedeutungen, Gebäude und Musik werden durch Neues ersetzt. Das heißt Fortschritt. Und der Endpunkt des Fortschritts ist erreicht, wenn die Dinge nicht mehr alt werden, sondern in dem Moment, wo sie entstehen, wieder zerstört werden.« Etwa um die gleiche Zeit, 1982, posierten Christian Emmerich, genannt Blixa Bargeld, und seine Einstürzenden Neubauten mit der Parole »Wer sich am kommerziellen Musikgeschmack orientiert, dient der Reaktion«. Die große Zeit des Wichtigmachens.

Ihm sei halt nichts mehr eingefallen, erklärt der »Einfalzpinsel Nr. 1« (Jürgen Roth) die lange Veröffentlichungspause vor »Ende Neu« (1997). Nun impliziert diese Aussage, es sei ihm vorher jemals etwas eingefallen. Da aber beginnen die Kalamitäten. Das Konzept, auf welches die Neubauten als Coverband internationaler Freejazzorchester seit nunmehr sonstwieviel Jahren einstürzen und -prügeln, war soo neu nicht. Mit genüßlichem Grausen erinnern wir an Sven Ake Johansson, der nebst Kollegen und mehreren Saxophonen auf einen Betonmischer einmeckerte, während diesem von dazu bestellten Schweißern der Garaus gemacht wurde. Das war Ende der Siebziger spaßig und sogar ein wenig originell. Nur vermieden die jazzenden Kannenpuster den für die Einstürzenden Neubauten so unvermeidlichen Weltuntergangsklimbim. Unvermeidlich, weil notwendig im Bildungsbürgerkanon aus Nichtssagenkönnen und Nichtszusagenhaben. Kult! Experimentell!

Wenn Christian Emmerich, der Lieblingshampelmann aller Feuilletons, die Gitarre umschnallt und zu schrammeln beginnt, dann ist Gefahr im Verzug. Nein, es ist nicht die Liebe zur unkonventionellen Klangerzeugung, es ist auch nicht die bisweilen melancholische, meist jedoch bierernste Theatralik – es ist eine gitarristische Seifenblase und ein schnöder Würstelbudenzauber, mehr können wir nicht konstatieren. Und da beziehen wir uns nicht allein auf die Darbietungen der Einstürzenden Neubauten. Auch als Bestandteil der Bad Seeds oder im Gastabteil des Gun Club: Es ist und ist nichts zu holen bei ihm. Zu hören demzufolge auch nicht. Hauptsache, Bestandteil sein. Nach seinem 1995er Risottoauftritt bei Biolek hatten wir wenigstens mit dem Einsatz von Umluftgeräuschen aus Backöfen, »elektrifizierten Eierschneidern« (Gerhard Henschel) und rhythmisierten Pürierstäben gerechnet. Allein, damit ist's wohl Essig. Schraubenziehergitarre spielen Thurston Moore und Lee Ranaldo einfach unterhaltsamer, die haben ja auch Kim Gordon. Und für Freunde von Macht, Käseglockenmagie und Wahnsinn sind Sielwolf eindeutig die bessere Wahl.

Das Neubauten-Nachfolgealbum des Jahres 2000 hieß konsequenterweise »Silence Is Sexy«. Finde ich auch. Vor allem, wenn Emmerich endlich Ruhe gibt.

Liehber Wühltischhardrock

Die Böhsen Onkelz in der Neuen Mitte

Als vor ich weiß nicht wieviel Jahren ein ich komm' jetzt nicht auf den Namen das Ende des Rock'n'Roll postulierte, hatten die Böhsen Onkelz wieder mal nicht hingehört, sondern alles Erdenkliche darauf verwandt, ihre rüde Attitüde paßgerecht zu machen, und damit, wie sich heute zeigt, auch jedes Wort auf die Goldwaage gelegt. Zu dieser Kapelle ist das Allfällige bereits schon längst geschrieben worden; hier nur noch ein winziger Nachtrag. Die majorisierten Rüpelz haben offenkundig den Anschluß an ihre alte Szene verpaßt. Denn früher verhielt es sich so, daß die Skinzines Böhse Onkelz zitiert haben, nunmehr ist es umgekehrt, wenn überhaupt.

Das aktuelle Songwriting tut sich schon stark, wenn dreimal in einem Song »Scheiße« vorkommt und einmal »Arschloch«. »Ja, diese Worte sind kraß, verletzend und laut [...], sagen, was sich keiner traut.« Mannomann! Respekt.

Durchwabert der Rest von männerbündlerischer Regression. Item ästhetisieren die »fantastischen Vier« (Eigenaussage Böhse Onkelz) erneut die impedante Pose des Einzelkämpfers gegen die ganze Welt, und schuld sind immer die anderen, der imaginierte Mainstream und seine Spießigkeit. Ah ja. Spießigkeit ist heute die durch nichts zu erschütternde Selbstgewißheit, nie und niemals spießig zu sein, zu werden. Auch wenn man es ihnen sagte, sie würden es nicht einsehen. Bei einer Bruttoregistertonne Schwafelwein haben sie statt dessen angestrengt im Phrasenlexikon geblättert (»Nichts ist so hart wie das Leben. [...] Man muß mehr als alles geben« – »Ein Arschloch, so groß wie ein verdammtes schwarzes Loch«), und dann bekommen der Papst inklusive Kirche so was von ihr Fett ab, die Toten Hosen dito und auch »die Meister der Lügen« (die Medien), daß ein Schlottern anhebt überall.

Musikalisch spielt sich Onkelchenz ganz dolle liehber Wühltischhardrock in einem dergestalt gesitteten Rahmen ab (obligatorische Ballade, was Bluesiges, Gonzo macht in Sologitarre), daß es nur noch eine Frage der Zeit sein dürfte, wann Marius Müller-Westernhagen oder Wolfgang Petry als neue Leadsänger angeheuert werden. Onkelz, Hosen, Kunze, Bap, Pur – alles eine schlammig-schwammige Suppe: Morbus Querdenker, Varietät Rock'n' Roller. Auslaufmodell, daher heißbegehrt. Wenn der berlinrepublikanische Lahmgeist kollektiv auf dem Vormarsch ist, dann wünschen wir uns luftigen Herzens eine Quote, aber schnell. Damit die Scheiße im Airplay wieder auf vierzig Prozent heruntergedrückt wird.

Und wenn die Böhsen Onkelz phänotypisch heute kaum mehr so rechtsradikal scheinen wie ehedem, dann nur, weil die Gesellschaft flagrant in Richtung Böhse Onkelz marschiert, so daß der Unterschied kaum noch auffällt. »Mit dieser Band hast du nicht viel Freunde«, röhrt Kevin Russell unermüdlich und telegen. Richtig ist, daß es sich genau nicht dieser Art verhält. Wer solche Feinde hat, braucht keine Freunde mehr. Schließlich kam die Plattenfirma Virgin zu ihrem Deal kaum wie die Jungfrau zum Kind.

Schlagen oder forkeln Sie mich, kämmen Sie mir eine Kurt-Beck-Frisur, es ist so. Ein Trost ist das freilich nicht.

Die Ritter vom Zeitgeist

Minitrend rules

Kunst ist, der Zeit voraus zu sein. Ihr hinterherzuhinken, ist bisweilen ärgerlich, meistens aber ungefährlich, wenigstens jedoch liebenswert. Ständig auf der Höhe der Zeit sein zu müssen, ist Kunsthandwerk, das Widerlichste auf unserem Erdenrund, welches seinen Ausdruck im Mut des dummen Feiglings findet, der nur aus der Gruppe heraus die große Klappe riskieren kann. Zum Beispiel die Musikgazetten, die zu Zentralorganen einer freien deutschen Berufsjugend verkommen sind – Schwafelkombinate, Weltanschauung vom Bringedienst. In jedem Groschenheft springt uns der fimikole »Kult«-Begriff an. Jeder Analphabeten-Fitti kann einem um den Lohn einer Gratis-CD die Lust am Allesmitmachenwollen als Gegenkultur vor die Mappe rotzen. Kult? Viel gutt! Inhalt? Fuck off!

Was ihnen dringend fehlt, ist die übersichtliche Welt mit leichtverständlichen Trends. Also basteln sie sich eine. Einer dieser in diversen Fachillustrierten herbeigewinselten und -gepinselten Minitrends ist augenblicklich die »Neue Deutsche Härte«. Klingt ziemlich gefährlich. Ist es auch.

Ganz einfach: Darunter subsumiert wer auch immer solche Bands wie Die Allergie, Blutjungs, Das Ich, Drecksau, Forthcoming Fire, Hassmütz, In Extremo, Keilerkopf, Kind Tot, Knorkator, Letzte Instanz, Megaherz, Niederschlag, Oomph!, Rrrrrammstein, Richthofen, Rinderwahnsinn, Die Schinder, Schwanensee, Subway to Sally, Tanzwut, Totenmond oder Weissglut. In lächerlichen Jahrmarkttrachten herumtollen, Ritter und Marketenderin spielen, Deutsch als erste Fremdsprache beherrschen, das R rollen, bis der Notarzt kommt, und dazu den Amp hochdrehen, das gilt dem Zeitgeist heute schon als innovativ. Bei Licht betrachtet entpuppen sich die Lastminutedichtungen als paarungsvorbereitende Drecksackverse über Pauschalriffs. Neu! Ungeheuer provokant! Jetzt manchmal auch mit Dudelsäcken! Selten war die Kohärenz von Pathos und Pathologie evidenter.

Das trifft auch für das trendbegleitende »Buch« (*Wolf Rüdiger Mühlmann: Last Exit Germany. Ein Phänomen namens Neue Deutsche Härte. IP-Verlag Berlin, 2000*) zu. Auf dem Umschlag ist sogar von einem »kalten, nationalen Krieg auf kultureller Ebene« zu lesen. Oho, wat dat denn? Auf alle Fälle erst mal schlimm! Also fix weiterlesen. Nur um zu erfahren, daß ein ganz, ganz böser Alfred Schobert aus Duisburg gegen rechte und vermeintlich rechte Bands hetzt. Noch mal schlimm. Jawoll! Siegheilpraktiker fühlen sich nämlich stets als Opfer. Und warum soll faschistische Ästhetik auf einmal rechtsradikal sein? Die Leni Riefenstahl hat doch neulich auch gesagt, sie wüßte gar nicht, daß ihre Filme faschistisch waren. Wow!

Zwar wollen sich die im »Buch« interviewten Bands selten klar zum »Phänomen namens Neue Deutsche Härte« äußern, dafür fiebert man Seite für Seite mit dem Autor in seinem höchstpersönlichen Krieg gegen die gar nicht so neuen Härten der deutschen Schriftsprache: Phänomene namens Dativschwächen, erratische Kommata, abenteuerliche Tempora-Fehler, verrutschte Konjunktive, lästige Wortwiederholungen, willkürliche Groß- und Kleinschreibungen, grobe Singular-Plural-Verwechslungen, naiv verbogene (Krawall-) Schachtelsätze, Tautologien (»einstige DDR«, »bunte Paradiesvögel«, »das RTL2 der Minderbemittelten«), sirupstige Journalistenphrasen (»polarisieren«, »selbsternannt«, »verkrustete Strukturen«) und terminologische Schwammigkeiten (»Staat Deutschland« – gemeint ist das Land, »altdeutsche Schrift«), eine Riesenlatte an verbotenen Wörtern (»Kult«, »Zielgruppe«, »Identität«, »Realsatire«) und ein ganzer Planet Wortschrott (»verspüre kein Interesse an ein Gespräch«, »gegen die Person rächen«, »auf Distanz von ihm zu gehen«, »in hohe Verkaufszahlen katapultieren«, »von allen als Böhse Onkelz genannt«, »Tänzer aus Begabung«, »nationaltümelnd«) sind ihm beim Waffengang behilflich. – Von der leidigen Apostroph-Frage ganz zu schweigen.

Daß das keine Ausrutscher gewesen sind, beweist der junge Karaokedichter im Interview mit der *taz* – einer Zeitung, die er, von klirrendem Unverstand geplagt, für »links« hält. Abermals schwadroniert er von »marschhaften Riffs«, leitet seine Repliken brav mit »Ich denke, daß ...« ein und darf somit schon heute als Akzelerator für die Weizsäckerisierung des neuen deutschen Härte-Feuilletons gelten.

Aber hastunichtgesehen ist der Minitrend auch wieder vorbei.

But what's next? Mein todsicherer Trendtip: Ewiger nationaler Friede auf kultureller Ebene wird erst herrschen, wenn die Heavies ihren Deal mit der Alten Deutschen Härte gemacht haben. – So abwegig ist das nicht: Schaut euch die Horden in Karl Moiks Volksmusikgerichtshof an. Die haben meist auch lange Haare und sich Gitarren umgebunden.

Auf, Bürger, bildet Bands! Nennt sie Dummkopf, Arschgeige, Die Blödmänner, Die Mühlmänner, Die Armleuchter oder Schweinebacke! Soll der Gröbaz (der größte Bazi aller Zeiten), Stefan Mross, doch auf Dudelsack umschulen, seine Schnalle, Stefanie Hertel, über Metalgrooves strippen – als Leather Girl, mit volkstümlichen Tattoos besprenkelt! Deutscher Mantel- und Degen-Metal ist schon heute kaum mehr als eine aktuelle Form der deutschen Gemütlichkeit. Aber alles sicher im braunen Bereich.

Kostümfest für Plattensammler

The Residents und ihr deutsches Publikum

Ein amerikanischer Fulltime-Anachronismus hat Freigang und nutzt ihn unversäumt, um Europa heimzusuchen. Im Rahmen dieser ganz konventionell »Tournee« genannten Gastspielreisen machen The Residents in Deutschland Station. Nur fünfunddreißig Mark knöpfen uns die verdienstvollen Veranstalter ab, daher geht diese kryptische Zeitreise in Ordnung.

»Skandalöser Bibel-Rock«, titelt der *Spiegel* in seiner Pop-Rubrik. Und ein Kopfschütteln erfaßt uns leis. Wo und, vor allem, in welcher Zeit leben die? Selbst dem ewigen Versteckspiel der

Musikanten wollen sie bei *Spiegels* immer noch einiges Lustige abgewinnen. Es könnten die Leute von Kiss sein oder die ehemaligen Mitglieder von Abba. Tja, *Spiegel*, so macht man keine Auflage.

Obwohl der Vergleich mit Kiss heuer so abgedreht gar nicht ist. Waren die Residents Anfang der Siebziger der Welt angeblich härteste Avantgarde-Band, so war heute im Konzert eine mediokre Rockband zu erleben. Mit allem, was dazugehört. Angefangen beim Publikum: Zappa-Fans c/o gehobenes Mittelalter mit entsprechenden Bartcodes und all die sonst noch verbliebenen Hopliten des gepflegten Geschmacks sind am Tummeln und Taumeln. Die Damen könnten ungeniert eine Jahresvollversammlung aller Kunstgewerbeverkäuferinnen Mitteleuropas bestreiten.

Aus allen Ecken raunt es wissend, führt man Insidergespräche: »Gibt es eigentlich die Residents-LP aus der Zone noch?« Letztens, bei Jethro Tull, habe es nur einen Bierstand gegeben, und überhaupt: überall die in den als Plattensammlung getarnten alternativen Hobbyraum verklappte, reaktionäre und eigentlich einzig überlebensfähige Daseinsform des Rockfans. »Du, Schatz, stör' den Papa mal jetzt nicht, der spielt grade mit seiner Modelleisenbahn, äh, mit seinen Residents-Platten.« So was möchte man nicht mal seinen Kindern zum Fraß vorwerfen.

Doch hierher passen sie wie hingegossen. Sie finden es nach fast dreißig Jahren immer noch komisch, vierfünfsechs vermummte Heinis auf der Bühne bei ihrer fehlerhaft imitierten Dignität zu beobachten; beim Staksen durch ein mit musikalisch lustlosen Gewolltheiten vollgehageltes Terrain. »Wormwood« nennt sich die tourbegleitende CD, und sie referiert die bösen Seiten der Bibel. Ui, da fällt einem glatt der Kinnladen runter. Bibel? Blasphemie? Heiße Sache, das. Mag sein, daß The Residents schon immer Größe mit Pathos verwechselt haben – aber heute ist es nicht einmal lustig. Es ist nur albern. Salome, Jeremia, Jael, Belsazar, Dina, Kain, Lot, Abraham, Sarah, Moses, Zippora, Michal, David, Tamar, Absalom – wie sie alle heißen mögen. Sinnlos-pubertäres Aufbegehren gegen den Muff aus der alttestamentarischen Rumpelkiste müssen sie ertragen. Und in einer 1A dazu passenden Diktion ist denn auch das Programmheft gehalten.

Wie ein paar runtergeheizte Ministranten stehen The Residents herum: eine Christbaumtrommel, einen Schützenfestbaß und ein Dingdongkeyboard umgeschnallt. Ihre Augenbälle mit Zylinder übergestülpt. Mister Skulls wie auch immer ironisch gemeinte Zwischenansprachen geben der Performance mit Sängerin zwar dramaturgischen Halt, optisch fühlen wir uns jedoch mehr an Salvatore aus »Der Name der Rose« erinnert. Vor zehn Jahren, okay, hätte man, abgesehen vom ranzigen Thema insgesamt, einen kleinen Spaß daran haben können. So aber erleben wir eine zur Allgemeinplatztauschbörse verkümmerte Ex-Avantgarde, die nicht begreifen will, daß es außer Kostümfesten und Bibelexegese noch interessante Dinge auf dieser Welt geben könnte. Wäre nicht der »Gastgitarrist« (man weiß ja nie, es könnte schließlich auch Fred Frith sein), der seinem Instrument ab und an einen schneidenden Run entlockt, man wähnte sich beim Kinderfasching.

Das Publikum ficht das nicht an. Brav trottet es heim. Oder geht noch auf ein Weizen zum Italiener um die Ecke. Zu Hause packt Papa dann den Staublappen aus und geht ein tausendstes Mal über seine Plattensammlung.

Ganz und gar nicht flotter Dreier

Drei Zonenbands auf Revivaltour

Früher haben die Kinder ihre Eltern mit Rockmusik genervt, heute ist es umgekehrt. Irgendeiner hat den Deckel gelüpft, und schwupp! sind sie herausgekrochen, wie die Lemuren. Achtzehn (Ex-)Musiker, die man wohl verwahrt als Gebrauchtwagenhändler, Versicherungsvertreter und Gelegenheitszuhälter wähnte. Jetzt sorgen sie als »Sachsendreier« dafür, daß die Leute sich die Ohren zuhalten. Große Ausnahme, wie immer: PDS-Wähler und ehemalige Fans dieser Bands, und das werden leider Gottes immer mehr. Kapitel der populären Musik, die man als gänzlich hermetisch abgeschlossen zu betrachten sich angewöhnen konnte – jetzt werden sie exhumiert und um eine unvorstellbar schmierige Coda erweitert.

Melodiebetonte Rockmusik, so lautete das spermaranzige Abrakadabra der Zonen-Kulturfunktionäre, die FDJ-Variante der Hippiebewegung, Rockmusik mit Kunstgewerbeanspruch, Rockmusik als Lebenshilfe für Selbstabholer, Konzerte mit anschließender Diskussion – die scheinbar logische Fortentwicklung von Jazz & Lyrik. Dafür standen ehedem die drei unverschämtesten Rabenorchester in Honeckers verwichstem und deutschestem aller Möchtegerndeutschländer: Stern Combo Meissen, Lift und Electra. Emerson, Lake & Palmer hieß das Vorbild der Meissner, nur daß sie doppelt so viel Personal benötigten; nach dieser extensiven DDR-Faustregel hätte die Jethro-Tull-Revivalband Electra zehn Mann beschäftigen müssen – lediglich chronischer Arbeitskräftemangel vereitelte dies. Entsprechend virulent fielen die Ergebnisse aus. Electras »Sixtinische Madonna« hat Tausende Jugendliche in die Republikflucht geschlagen. Und den Leuten bei Lift war sicher nie klar, warum ihre Instrumente mit Strom betrieben werden.

Ten years later: Als seien nicht mehr als zwei Umbaupausen vergangen, penetriert der Reinhard Fißler mit jauchig-klagender Feierlichkeit, will der Stefan Trepte, daß sein »Herz ein Wasser« sei, weint der Werther Lohse zum Moog und quiekt der Peter »Mampe« Ludewig seinen »Grünen Esel« über Electras Reste Rampe. Allein die Urheberschaft an diesem grausigsten aller DDR-Rocktitel legitimierte lebenslängliche Verbannung für Ludewig. Dazu Kastratenchöre, daß man sich sogar die Puhdys (!) zurück wünscht, und Klassikadaptionen, daß jedem halbwegs ehrbaren Hörer die Innereien ihren Gehorsam verweigern. Das Kitschuniversum sperrt die Tore auf. So wird aus verblasener Scheiße Katzengold gemacht.

Nach überreichlichen siebzig Minuten lustabsenter Live-Musik »allerunterster Klarinette« (Arno Schmidt) fällt einem nur Horst Tomayers singuläres und nicht minder erhabenes Diktum ein: An die Wand stellen die ganze Bande! Und stehen lassen!

Aufgespießt

Steinlechner-News

Peter Steinlechner ist Gründer und Bandleader der allseits beliebten Zillertaler Schürzenjäger, die neuerdings, a, nur noch Schürzenjäger heißen, b, nur noch zu viert agieren und damit, c, nicht nur Scharen gerontologisch disponierter Fans (sechs Millionen versilberte Platten) in Verwirrung bringen.

Zwar mag es der gestandene »Musik-Rebell« in den »seltenen Stunden zu Hause« immer noch rustikal: »helle, holzvertäfelte Wände und viele Bauernmöbel, geflieste Böden und Kamin«. Doch der angesilberte Ösi-Hippie (45) mit der eisernen Hand gegenüber *meine Melodie*: »Wir machen alles. Rock, Reggae, bis hin zu Disko. Wir passen in keine Schublade.«

Das ist ja richtig schlimm. Und warum auf einmal?

»Wir sind keine Volksmusiker mehr. Volksmusik ist heile Welt, wir machen sozialkritische Texte.« Ein richtig »bunter Vogel« eben. Andererseits: »Themen wie Fremdenhaß kann man nicht mit Polka unterlegen.« Wieso nicht? War das neben Marschmusik nicht schon immer der beste Soundtrack für den Lynchmob? Gewiß. »Ich bin absolut für eine multikulturelle Gesellschaft, doch die heimische Kultur darf man nicht ausgrenzen.«

Her mit der Quote!

Strictly andersrum

Was wir über den Musikexpress wissen müssen

Jede Ausformung unserer ganz alltäglichen Idolatrien hat ihre eigenen Zirkularien. Das gilt insbesondere für kulturelle Hervorbringungen, die gesungen und/oder teilweise auf Instrumenten gespielt werden. Selbst der unbedarfte Beobachter erkennt sofort, daß dieses Feld sehr weit, sehr unübersichtlich sich gestaltet. Und ein wenig Orientierung im Spartenblätterwald täte dringend not.

Bitte sehr: Für Leute mit langen Haaren, die gern furzen, gibt es *Rock Hard*, für Briefmarkensammler den *Oldie Markt*, für komplett Bekloppte die Monatsschrift *Spex*, Vorruheständler lesen den *Rolling Stone*, und Leute, die sich überhaupt nicht für Musik interessieren, kaufen den *Musikexpress*.

Natürlich hieß er die längste Zeit richtig ausgesprochen *Musikexpress/Sounds*. Warum das so war, behandeln wir heute nicht; da ist einfach schon zu viel drüber geschrieben worden. Wir Medienprofis durften aber ab und an auch mal *ME/Sounds* sagen. Cool, nicht? Damit hat sich die Coolness in Sachen *Musikexpress/Sounds* im wesentlichen auch erschöpft. Seit seinem Asylantrag in Springerland darf man wieder *Musikexpress* sagen. Weil er jetzt erneut solo ist.

Okay, die ganze Angelegenheit ist viereckig, mehr hoch als breit, hat einen bunten Umschlag, Buchstaben stehen vorn drauf, ein Ladenpreis vor allem, hinten ist eine Anzeige drauf, ganzseitig. So. Drin setzt sich dieses Gestaltungsprinzip in etwa ähnlich fort. Buchstaben, bunte und schwarzweiße Bilder sowie Anzeigen. Die einzelnen Seiten sind, so es das Layout zuläßt, paginiert. Sie haben eine logische Reihenfolge und sind dieser folgend mit Klammern aneinandergeheftet. Manchmal ist auch eine CD beigelegt. Kenner werden jetzt spontan einwerfen: »Das ist ja eine Zeitschrift!« Nicht ganz unwahr. Aber auch nicht ganz richtig. Denn wir müssen in unsere Überlegungen mit einbeziehen, daß diese Papierversammlung in München verantwortet wird.

Dort sitzt nämlich eine Schar handverlesener Beatles- und Stones-Addicts, die seit über fünfhundert Monaten den lieben langen Tag nichts anderes zu tun wissen, als die ihnen zur Verfügung stehenden Seiten mit ihrem Wortschatz anzufüllen. Na, Wortschatz ist jetzt vielleicht eine Spur zu dick aufgetragen, egal. Das Ergebnis ist ohnedies erschütternd: Durchschnittlich ein Drittel handelt – richtig – von den Beatles und ihren Adepten, ein weiteres Drittel ist der Stones-Hinterhofberichterstattung vorbehalten, und das restliche, bei weitem winzigste Drittel verteilt sich kläglich über ein Inhaltsverzeichnis, die Michael-Cretu- oder Heinz-Rudolf-Kunze-Obsessionen der Praktikanten, das Impressum sowie die Konzert- und Plattentips, bei denen sich die Redakteure auch noch ablichten lassen. Damit ihnen keiner ins Handwerk pfuscht und sich unter Umständen ein wahres Wort ins Blatt verirrt, wird von den freien Mitarbeitern nahezu Übermenschliches verlangt. Mal müssen die Reviews ganz kurz und bündig sein, manchmal auch einfach nur unter fünfzig Druckzeichen bleiben. Der Presserat hat das schon mehrfach gerügt.

Die Redakteure wechseln zwar sehr häufig, doch Ausgrabungen haben eindeutig ergeben, daß selten mehr als sechs Mann gleichzeitig beschäftigt sind. Und mit dem Posten des Chefredakteurs gibt man kompromißlos zu verstehen, daß selbst in München schon die Vorzüge der Arbeitsteilung verstanden worden sind. Nun, nicht gleich so, wie wir das tun. Da wird schnell des Guten zu viel verrichtet. Einen Chef vom Dienst muß es nämlich genauso geben wie einen Stellvertretenden Chefredakteur oder aber einen Berater des Chefredakteurs, beziehungsweise eine Redaktionsleitung und einen, der für die redaktionelle Planung verantwortlich zeichnet. Die Aufgaben im Sextett sind also verteilt. Einen Art Director und einen für Design gibt es zusätzlich. Beide halten sämtliche Gitarristen dieser Erde (Paul McCartney!) für Linksträger und bilden sie dementsprechend falsch rum ab. Eigentlich müßte man »die Künstler« von der Rückseite gegens Licht betrachten, aber dann stehen die Buchstaben wieder seitenverkehrt.

Sie sehen, jetzt wird es eklig. Und ich sehe, wir können an dieser Stelle ruhigsten Gewissens abbrechen.

The making of Rock Fart

Für Frank Schäfer

Das Team der *Wahrheit*-Redaktion wollte wieder einmal in Klausur gehen. Was lag näher, als in der alten Wettermeldestation Meldenstein einzuchecken, die jetzt als Hotel »Alt Meldenstein« weitergeführt wird. Den älteren Redakteuren stieg ein seltsames Leuchten in die Augen. Meldenstein! Dinger sind da früher gedreht worden. Tja, die alten Zeiten. Ein Schuft, wer den leisen Anflug von Wehmut übersehen hätte. Zunächst war aber Relaxen angesagt. Akklimatisieren. Da vernahmen wir ein unheilvolles Poltern vor dem Objekt. O je, es war die komplette Redaktion der Heavy-Metal-Illustrierten *Rock Hard*.

Die hatte ausgerechnet zur gleichen Zeit hier eingecheckt, um ihre Blattkonzeption prinzipiell zu überdenken. Vorerst jedoch kugelten sie übermütig rülpsend und furzend in die Gaststube, klickten mit Bierdosen und okkupierten einen knorrigen Ecktisch. Sofort wurde die Hackordnung sichergestellt: Einer mußte unter den Tisch. Mit ehrfurchtheischendem Furzen gebot Götz Kühnemund Ruhe.

»Silentium. Man nennt mich nicht umsonst den Rudolf Augstein des Heavy Metal. In Leserbriefen werde ich Gott gleichgesetzt.« Die Runde furzte zustimmend. »Über zehn Jahre machen wir das schon, Suckers! Für die 150. Ausgabe unserer Illustrierten sollten wir uns was ganz Besonderes einfallen lassen!« Er zog die Stirne kraus. »Aber erst schlage ich einen Begrüßungsumtrunk vor. Wirtschaft! Einen Kasten Wodka für die Herren. Für mich bitte Sauerkrautsaft, ich bin nämlich Veganer.« Er hob den rechten Zeigefinger. Wie auf Kommando ließen alle Redakteure einen streichen.

Unserem Team schwante nichts Gutes. Weinend rührten wir im Tip-Beutel-Tee (Kännchen 4,– DM), auch die nur halb aufgetaute

Quarksahnetorte (3,60 DM) wollte einem fast im Hals steckenbleiben. Kühnemunds Company blieb davon unbeeindruckt. Munter leerte sie eine Pulle Wodka nach der anderen.

»Hört zu«, rief der beleibte Boß. »Wir machen jetzt auch Satire. Und zwar als Beilage. Was zum dreckig loslachen. Die nennen wir ›Rock Fart‹. Klar?!«

»Spitzentitel!« furzten die Redakteure einvernehmlich.

Ein Rothaariger sprang auf und brüllte: »Dietmar Wischmeyer beweist mit seiner neuesten CD, daß er noch längst nicht zum alten Eisen gehört. Das ist beinharte Satire. So wie der müssen wir es machen. Ich schlage ein gefaketes Interview mit dem Satan persönlich vor.«

»Brav, Rensen. Dir ist die Schreibfreude deutlich anzumerken«, schrie Kühnemund. »Du übernimmst das mit Breuschl.«

»Befehl, Boß.«

»Vergeßt nicht, zwischen den Zeilen unser gesamtes Selbstverständnis als *Rock Hard*-Redaktion unterzubringen.«

»Klaro, Boß.«

»Und daß mir auch alle unsere Lieblingswörter drin vorkommen: Silberling, Scheiblette, Schreiberling, Hopfenkaltschale, Hartwurstmusik et cetera.«

»Sicher, Boß!«

»Und vergeßt die Witze nicht! Heavy Metal – Segen oder Fluch? Was über Backward-Masking oder daß Tony Iommi nicht rückwärts spielen kann.« Man furzte nachdenklich.

Nun hielt es unsere super attraktive Redakteurin Lissy Schmidt nicht mehr auf dem Platz. Sie baute sich vor den grübelnden Haudegen auf. »Iommi? *Vorwärts* kann er nicht spielen. So sieht's doch aus«, schleuderte sie den Härtnern triumphierend ins Gesicht. Die konnten nur nervös furzen. Was war das? So was kannten sie nur aus Videos. Da jappste so was dann höchstens »Öch!« oder »Ja!« oder »Gippsmir!« Und machte oben und irgendwo unten den Körper auf.

Zum Glück meldete sich eben der von unter dem Tisch.

»Hey, wir sollten auch unsere eigenen Plattenreviews parodieren. Hier, schnallt euch an, dieser Supergag ist mir gerade eingefallen: Gayhem: ›Seven Gays Of Hell‹ (Sick Stick Records). Die skandinavischen Originale um Lendenlegende Gayniac outen sich als erste schwule Black-Metal-Band des Planeten und bestechen mit kreischgeflöteten Hammer-Refrains wie ›Gay mer zu mir – oder gay mer zu dir?‹ Sonstige Anspieltips: ›Klabuster Korn Of Satan‹ und ›Gaysir Of Evil‹.«

»Wow, Klapsmühlmann, du Ausnahmesatiriker!«

Die anschließende Diskussion ging in einem tosenden Beifallgefurze unter. Konstruktive *Wahrheit*-Redaktionsarbeit ist unter solchen Bedingungen nicht möglich. Im Nu war unsere Abreise beschlossene Sache, die Klamotten waren gepackt. Lediglich einen Koffer ließen wir stehen.

Let there be Schmock

Jedem Trottel sein Rocklexikon

Einem ungeschriebenen Gesetz zufolge muß pro Legislaturperiode mindestens ein Rocklexikon erscheinen. Große Publikumsverlage halten da viel auf sich. Erinnert sei an das tief in den Siebzigern verwurzelte *Neue Rock-Lexikon* von Barry Graves (†), Siegfried Schmidt-Joos und Bernward Halbscheffel (Rowohlt 1998) oder an die für den Manager in uns zugeschnittene Lightvariante Frank Laufenbergs (*Rock- und Pop-Lexikon*, Econ 1995). Und auch der

S. Fischer-Verlag kämpft nunmehr mit einem Vier-Bände-Riemen (*Rockmusiklexikon*, 1996) für rockmusikalische Halbbildung.

Dem Rocklexikongedanken ist ja inhärent, daß wie selbstverständlich vom Interesse an der Fortexistenz seines Gegenstandes ausgegangen wird, und wie man ihm Impulse verleihen könne. »Wer? Und wozu?« fragen wir höchstens matt. Nachrufe wären das Beste; klinisch sezierend; ein Tritt, und ab damit. Bloß diese ewige Fanlyrik (die Rolling Stones mit 18 Seiten!) nicht mehr. Etwaige Neuigkeiten erledigen die Klatschblättchen jeden Monat allemal schöner und unterhaltsamer. Von den grassierenden Internetseiten überhaupt nicht zu reden.

Mühselig sind daher die Wertungen von Christian Grafs und Burghard Rauschs *Rockmusiklexikon* aus *Musikexpress*- und *Rolling Stone*-Zettelkästen zusammengeklau(b)t und ab und an mit juvenilen Kraftausdrücken ausgeschmückt – aber was soll uns das? So schreiben Sammler für Sammler, Fans für Fans. Und die verstehen bekanntlich gar keinen Spaß. Hier begehrt der Kleingeist auf und schießt Kobolz. Man sieht die Besessenen förmlich in ihren posterbewehrten Gartenlauben: emsig Besetzungslisten nachprüfend, LP/CD-Erscheinungsjahr verbessernd und empörte Leserbriefe schreibend. Dieser Mief macht auch vor dem vom *Allegra*-Journalisten Benjamin von Stuckrad-Barre propagierten Fan in seiner reinkarnierten klassizistischen Variante nicht halt. Da dräut höchstens das endgültige »Ende der Kritik« (Norbert Bolz). Womit wir einen Teil dieser überflüssigen Drecksblase ja akkurat beisammen hätten.

Das Lexikon aber stammt aus einer Zeit, als man die Welt noch mit einem Lexikon erklären wollte und glaubte, es tun zu können. »Lexikonwissen« war ein weit verbreiteter, nicht ganz unberechtigter Schimpfname. Doch welcher Fan will seine atomisierte Teilwelt exegiert haben? Er will nur Bestätigung. So bild- und wortreich wie möglich. Wie man es auch anfängt, der Wille zum Rocklexikon mündet zwangsläufig im Gigantismus. Und ein zwanzig- oder zweihundertbändiger Bertelsmann (mit Goldschnitt und beigelegten Schallfolien), für Anlegewillige zur Subskription ausgeschrieben, ist nur noch eine Frage des nächsten Fünfzigjahrplanes. Zeit für Konzertbesuche oder Plattenhören bliebe Schreibern, Lesern und auf dem Zahnfleisch von Haus zu Haus kriechenden Drückerkolonnen dann freilich nicht mehr.

Blinder Passagier

Thomas Steinfeld auf den Tonspuren der »populären Musik«

»Da schwankt einer durch die Jahre, da fährt einer als blinder Passagier durch die Zeit, und doch fängt er immer wieder von vorne an – auch wenn es zur Eigenart vor allem der populären Musik gehört, daß die meisten ihrer begeisterten Hörer das innere Ohr zuklappen, wenn sie die späte Jugend hinter sich gelassen haben, und fortan nur noch das zu ihnen dringt, was sie schon von früher kennen.« Stimmt. Denn Thomas Steinfeld (*Riff. Tonspuren des Lebens.* DuMont Buchverlag Köln, 2000) kennt höchstens die »Bühnenfassung« von »A Saucerful Of Secrets« (Pink Floyd), die »Schlager« »Eleanor Rigby« von den Beatles, »Satisfaction« von den Rolling Stones, »Smells Like Teen Spirit» von Nirvana. Und er hält Eric Clapton für einen »Gitarristen«.

Als hätten sie bei H.O.T. einen pensionierten Konzertmeister gebeten, »Kuschelrock Volume 21« zu promoten. Denn Thomas Steinfeld hat keine Probleme mit den Konjunktiven. Die Kommata sitzen richtig, und sämtliche englischen Zitate werden brav übersetzt. Er weiß auch, was punktierte Achtel sind, was Tonika, Subdominante und Dominante bewirken, Quarte, Quinte, Gott ja, sogar die Septime und dergleichen. Aber er weigert sich, die »populäre Musik«, wie er sie nennt, zu akzeptieren: »Den Ton zu verfehlen muß schöner sein, als ihn zu treffen.« Jeder Satz ist ein ungläubiges Staunen, daß es so was überhaupt geben kann. »Die populäre Kultur ist kultiviertes Mittelmaß.« Aha. »Eins, zwei, drei. Bum.« Nur widerwillig konzediert er: »Die populäre Musik gehört zu den Grundgeräuschen der Gegenwart.« Und man hat den Eindruck, daß er sich mit ihr nur beschäftigt, weil sie auf so unglaublich rätselhafte Art sämtliche Sphären der »Hochkultur« durchwoben hat, weil der volkstümliche Riff als »Melodiestummel« zum »Elementarteilchen«, zur »Tonspur« für fast alles geworden ist. Es ist eine Not. »Die Rockmusik, hat der deutsche Philosoph Friedrich A. Kittler behauptet, sei der Mißbrauch von Heeresgerät. Im Fall der Gitarre mag er recht haben.« Und der Untergang des Abendlandes, wie wir vermuten müssen, steht unmittelbar bevor.

»Seit vielen Jahren schon gibt es nichts Neues mehr in dieser Musik, von den Arrangements und Klangfarben abgesehen, und es wird nichts Neues mehr geben. Sie ist ausgeschrieben bis in den kleinen Finger der linken Hand«, muß daher die einzig mögliche Diagnose solcher durch die Jahre schwankender blinder Passagiere wie Thomas Steinfeld lauten. Mit einer *FAZ* unter dem Kopfkissen und »Kuschelrock Volume 21« als Geräuschkulisse schreibt man keine guten Bücher über »populäre Musik«. In was für einer Welt leben die eigentlich?

Gesehenes

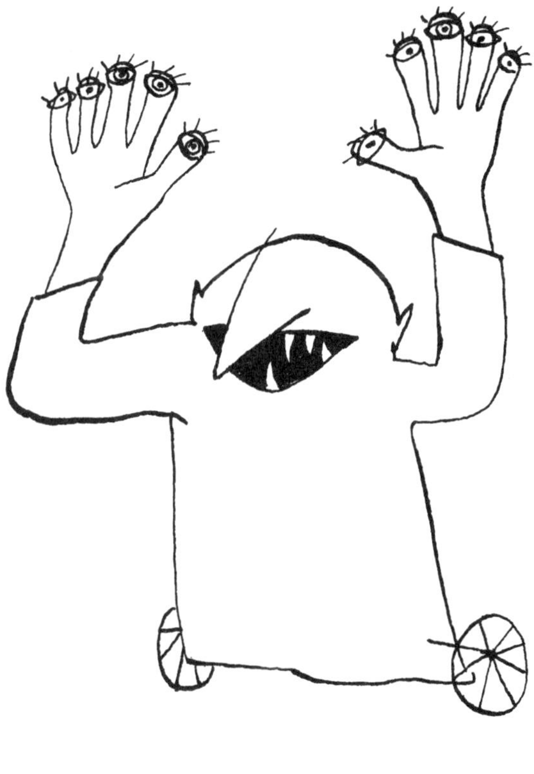

Diskursmassenträgheit

»Die Sprechstunde« auf Bayern 3

Die Pfiffigkeit des Bayerischen Fernsehens macht aus, daß es sich langfristig und rührend um seine Einschaltquoten bemüht, will heißen: die Programmgeschädigten mit artgerechten Sendungen bei Laune und Gesundheit hält, quasi als therapeutisches Regulativ für via Programm erlittene Schmach und Gebresten. Als da wären: Zipperlein, Putzzwang, Übergewichtigkeit, Rückenleiden, Herzinfarkt, Demenz und Spätlesekonsum.

Zu den per Äther verabreichten Medikamenten gehört »Die Sprechstunde«, die wöchentlich dienstags 20.15 Uhr ausgestrahlt und im wesentlichen von Frau Dr. Antje-Katrin Kühnemann bestritten wird. Frau Kühnemann bietet uns das generalisierte Feuermeldergesicht, umkrallt von einer »Frisur«, mit der man getrost exorzistisch wirksam werden könnte. Den Leuten gefällt das; wie ihnen auch gefällt, daß die beiden medizinischen Experten, die in jeder dieser Sendungen Rede und Antwort stehen, kaum zu Wort kommen und ihr Wissen anpreisen wie Hollandbananen. Zum Dank müssen sie sich von ihrer Gastgeberin behandeln lassen, als seien sie die Lernschwachen oder Heimbewohner – und nicht das Publikum.

Tisch- und Stuhl(!)design anbetreffend, erfassen wir das Studiodebakel mühelos als vorsätzliche Fortsetzung der siebziger Jahre mit gewaltsamen Mitteln und Rekultivierung des Platzdeckchengedankens obendrein. Die Videoleinwand für die Lupenträger finden wir passend eingebettet in Clivia- und Clematis-Imitationsgeschmeide, im lauschigen Kontrast zu den das Studio durchziehenden Balken, die als horizontales Element herhalten.

Den Titel ihrer Medizintalkshow interpretiert Frau Dr. Kühnemann dahingehend, daß nur einer redet, nämlich sie, und zwar so ungeheuer gestelzt, daß wir den redlichen Zweck der Sendung anzweifeln, daß uns vielmehr eine dunkle Ahnung aktiver Sterbehilfe ankommt. Das Publikum hat den Schritt von der ambulanten zur stationären Fernseh- und in der Folge auch gastronomischen Betreuung schon längst und irreversibel vollzogen. Es darf sich nur außerhalb der großzügig um das Geprächstischlein bemessenen Bannmeile plazieren, aber tun und lassen, was es will: die Hörgeräte auspusten, Hautpilzgerichte verschlingen, einander Kuhfladenbrötchen ins Essen brocken, zum Prothesentausch animieren, das Rippenfell über die Ohren ziehen oder Heulkrampfadern veröden lassen. Also den Schweineaugust geben.

Strategische Auflockerung erfährt der Sendefluß durch didaktisch motivierte Filmeinspielungen, die das Lernziel erreichen helfen sollen. Panoramabilder zeigen synchronturnende, debil grinsende Vorruheständler, die wie Bakterienkulturen im Zeitraffer anmuten, und in Darmwindeseile sinkt die Stimmung auf Altersheimniveau. Dazu redet Frau Dr. Kühnemann im Tonfall einer jungfräulich gebliebenen Kindergärtnerin auf Leute ein, angesichts deren schwärender Existenz der Begriff Dasein an Übertreibung grenzt. Nicht, daß wir ewige Jugend verfechten wollten, doch vor dem hier praktizierten Gegenteil – ewigem Alter(n) – verliert selbst die ewige Verdammnis ihren Schrecken. Als gelungene Kreuzung aus Carolin Reiber und Nina Ruge baut Frau Dr. Kühnemann auf die gerontophile Trägheit der angebotenen Diskursmasse und hat ihre Scheingesprächspartner so im Griff, daß aus deren Schlünden nicht mehr als ein dreiviertelster Halbsatz glucksen kann. Die probaten Hm-, Jaaa-, Aha- und Soso-Antworten der durchtriebenen »Frau« Doktor auf Ausführungen etwaiger Herzspezialisten konzedieren keinesfalls Interesse oder Anteilnahme, sondern große Ungeduld. Anstatt darüber nachzusinnen, wie um alles in der Welt er ein solches Los verdient habe, beißt der sich brav auf die Zunge, sobald die Dompteuse mit der Vogelnestfrisur die bedrohlich an ihren Ohrmuscheln befestigten waffenscheinpflichtigen Blechinstallationen bimmeln läßt. Und die vornehmlich aus dem Galama-Netz gespeiste Übertragungstechnik gibt das alles wieder.

So geartet verkommt das medizinische Terzett zu einem Mix aus Analphabetisierungskampagne, Behindertenolympiade und Kaffeefahrt, mit einstudierten Antworten, mit der immer wieder vergnüglichen Aussicht, aus dem Schorf geschnitzte Fernsehgeschädigte beim Altwerden und dabei zu beobachten, auf welche erdenklich verhauene Art zum 4/4-Takt der Rondo-Veneziano-Titelmusik geklatscht werden kann. Weil ihr Wahrnehmungsapparat vor dem Bildschirm das Kapitulieren längst erlernt hat, kann sich die Klientel benehmen, als gäbe es keine Welt um Bayern und seine gerontologischen Anstalten herum. Ungestraft darf hier das Altern zum Menschheitsideal umformuliert werden, gewinnt Frau Dr. noch jeder Krankheit Unterhaltungswerte ab. Genausogut könnte sie Sägemehlpaniertes mit gesottenen Tulpenzwiebeln aus diätetischen Gründen anpreisen. Widerspruch nach guter Talkshowtradition wäre kaum zu befürchten.

Dem Bayerischen Fernsehen mag man zugute halten, daß seine Sprechstunden nur fünfundvierzig Minuten dauern. Aber (bügel-) eisern jede Woche. Darauf eine gute Spätlese.

Häusliche Hölle

mdr Fernsehen – fünf Jahre sind genug

»Die endgültige Einheit Deutschlands – das ist unser Auftrag« – diese Maxime scheint in jedes der selbstgeklöppelten Platzdeckchen auf den Redakteursschreibtischen gewirkt zu sein, obgleich oft ungewollt das Gegenteil erreicht wird. Der Nachbar ORB (Ostdeutscher Rundfunk Brandenburg) ist gar nicht so ostdeutsch, der mdr aber ist es bis in die morschen Antennen. Und er ist mitteldeutsch, eine Bezeichnung, die leichtfüßig dokumentiert, wessen Kind er ist.

Für die einen ist es mdr Fernsehen, für die anderen ist es das längste Testbild der Welt. Das Sendegebiet – die Bundesländer Sachsen, Sachsen-Anhalt und Thüringen, kurz SaSaThü – ist vermittels Medium Fernsehen zum Testgebiet geworden für das, was uns allen blüht, was uns künftig zugemutet werden kann. Der Widerpart zum Kinderkanal, die Regreßforderung der aus den Fugen geratenen Alterspyramide an die Moderne und ihr Jugendideal, ein flächendeckendes Altenglüh'n.

War mdr Fernsehen mit seinem forschen Intendanten Udo Reiter am Ruder zunächst nur eine Sendemöglichkeit für Outtakes des Bayerischen Rundfunks, gewinnt die Flimmervariante der *Super Illu* durch den Aufkauf der DEFA-Verwertungsrechte an noch abstoßenderer Gestalt und bestätigt sämtliche Vorbehalte, die man gegen Provinzfernsehen heutzutage überhaupt hegen kann. Ob als Seniorenresidenz für West-Moderatoren im Vorruhestand oder als Wiederaufbereitungsanlage für DDR-Stars – alles sichert auch bei miesestem Wetter bis zu 120%ige Einschaltquoten bei den nach Identität japsenden Freizeitparkwächtern.

Mdr Fernsehen, das sind ausschließlich Menschenversuche schlimmster Observanz, eindeutig, wäre da nicht die von geradezu rasend machender Zauberhaftigkeit geschlagene Kathrin Schirmer, die die überregionalen Abschaltquoten nach unten korrigieren hilft und gelegentlich die Nachrichten des *Thüringen Journals* verliest. Ein veritabel gelungenes Ellen-Arnhold-Double, eine ... der Chronistenpinsel versagt hier schlicht.

Ein Bereich, in dem mdr Fernsehen geradezu verschwenderisch Maßstäbe setzt, dürfte die Gewichtsklasse der volkstümlichen Musiksendungen sein. Hier ist der Born der medialen Zonen- und nunmehr Einheitshoffnungsträger. Was für unnachgiebige Vollbartträger Wolfgang Thierse, ist für den schweigenden Volksempfänger Achim Mentzel, ein aufgequollener Wackelpudding mit Lachsackendlosschleife. Ferner Stefanie Hertel mit dem Herold des Grauens, Stefan Mross, dem seine Trompete mehrfach um den Hals geflochten gehört. Das Hertel schlägt als naives Neutrum in der nach unten offenen Beliebtheitsskala die Leitbilder der Beitrittsdeutschen, Regine Hildebrandt, Angela Merkel oder Claudia Nolte, um Längen, spätestens seitdem es mit Chartbreakern wie »Über jedes Bacherl geht a Brückerl« und »A Stückerl heile Welt« blitzkriegmäßig Sieger bei der *ZDF-Superhitparade der Volksmusik*, der *Krone der Volksmusik* und auch des *Grandprix der Volksmusik* werden konnte.

Stefanie Hertels barbarische Heimat topographiert zuallererst das Vogtland, das Bayern der Zone, ein Kloßimperium, in dem man sich die Mehlschwitzen gleich intravenös zuführt. Besonders die *Wernesgrüner Musikantenschenke*, die mdr Fernsehen aus einer gewölbten Leichtbauhalle auszustrahlen versucht, deren Inneres auffallend den V-Waffenstollen gleicht. Die Archetypen volkstümlichen Fernsehtreibens – Heinz Schenk, Carolin Reiber und Karl Moik – stellt das Wernesgrüner Moderatorenpaar Manuela Wolf und Reinhard Mirmsecker längst und mühelos in den Schatten, da ist der Boden spielend leicht geebnet für die Musi, die sich unbemerkt anschickt, das tradierte Dreigestirn der unglücklichsten Hervorbringungen menschlicher Kultur – Country, Musical, Dixieland – zu marginalisieren.

Hinein- und hereinmarschierende, grausam trötende Blasorchester, formidable Rumpfmelodien mit obszönem Schunkelzwang und abschließendes Medley, gespielt von aufgepumpten Wesen, welche die Bezeichnung »Musiker« als gröbste Beleidigung empfänden und daher »Musikanten« heißen, so das Procedere.

»Es soll ja gar nicht echt aussehen. Wir hauen euch die Taschen voll, und ihr findet das auch noch nett und adrett, resch und fesch.« Dieses virulente Hoppla-heute-sind-wir-aber-lustig-Gefühl evoziert bei zurechnungsfähigen Zeitgenossen höchstens den Eindruck, es gehe vor den mdr-Kameras zu wie Sodom & Gonorrhöe. Vor allem, wenn Manuela Wolf ihre Schwester, eine ebenso volkstümlich hochgetunte Barbiepuppe, mitbringt. Beide geben uns, vor der wie immer völlig willenlosen Übertragungstechnik stehend, einen Begriff, wie künftige, noch unbekannte Stadien und Varietäten von Bulimie wenn schon nichts ins Fleisch kommen, so doch immerhin virtuell Gestalt gewinnen können. Vollendung erfährt die Fernsehvortäuschung, wenn beide den bevorstehenden Kamerawechsel durch die eine endlos peinliche Sekunde zu früh erfolgte Drehung ihrer Schwundkörper in die jeweilige Richtung ankündigen. Und über allem erstrahlt das Konterfei von, nein, nicht Kathrin Schirmer, sondern von das Hertel mit dem Sexappeal einer lauwarmen Gurke und beläßt selbst die jüngeren Musikantenschenkengäste, denen die Frühvergreisung sich nachzählbar durch alle Poren pressen will, mitleidlos in ihrer Erloschenheit. Beim Schunkeln sind sie alle gleich.

Neueren Marketingprinzipien gehorchend, macht sich mdr Fernsehen selbst Konkurrenz, indem es den Dutzendsassa Achim

Mentzel mit gravierenden Fehlern im mündlichen Ausdruck durch die Sendezeit seiner *Achims Hitparade* und eine mit Pfefferkuchenhausschwammkulissen zugepferchte Tanzdiele, die Plauener Festhalle, stolpern läßt. Aus ebendieser scheint auch sein Publikum wie von verhaltensauffälligen Linkshändern geschnitzt worden zu sein.

Exakt in *Achims Hitparade* und der *Wernesgrüner Musikantenschenke*, diesen beiden Kreißsälen zerebraler Fehlgeburten, randvoll von einem kruden Crossover aus Mitropa, Bauernhof und Feldgottesdienst, der Fortsetzung der DDR mit anderen Mitteln, haben die Mädel »viel Holz vor der Hütten« und die Buben skrotumbetonte Lederhosen, werden Cellulite und Schnauzbartflechte zum Schönheitsideal für den mitteldeutschen Mundartgenossen. Hier ist die normative Kraft von verklemmten Schweinereien und unverhohlenen Rassismen, die Purifikation hin zu einer aseptischen, gänzlich humor- und verstandfreien Welt voller Grinsmonster mit Fähnleinführergemüt und Handgelenktaschencharme so deutlich wie kein zweites Mal.

Irgendwie müssen wir das alles für ein häuslich anmutendes Pandämonium halten, ein sinistres Reich fernab, wo man sich »mit dem Sonnenschein im Herzen« allenfalls jodelnd oder in einer eigens erfundenen Designermundart verständlich machen kann und, wie Galeerensklaven, wogend in Schunkelbatterien fortbewegt. Dort, im mdr, sind Ursprung und Ziel der neuen Fernsehgemütlichkeits- und Verblödungsindustrie zu verorten, jenes Stückerl apokryphe Welt, wo über jedes Brückerl a Bacherl geht, wo »tausend kleine Himmel« sind und mit dem Begriff *Aufnahmeleiter* nur notdürftig umschriebene Bergmilizen ihren dezenten Schuppenwurf verbreiten und alles Junge, Fremde, Nichtgemütliche von ihren Probanden abhalten. In diesen beiden Sendungen fokussiert sich der bizarre Anspruch von mdr Fernsehen, zugleich ost-, mittel- und gesamtdeutsch zu sein. Und die Annahme scheint berechtigt, daß, wägen wir Qualität und Sinn des übrigen Sendematerials sorgsam ab, es nur zum auf dem Rückzug befindlichen Füll- und Dämmstoff zwischen den volkstümlichen Orgien taugt – bis zu dem nicht mehr fernen Tag mit Musi around the clock.

In diesem »Stückerl heile (Fernseh-)Welt«, wo sich Stefanie Hertel ungestraft wünschen darf: »Wenn ich groß bin, kauf' ich mir ein Akkordeon und einen Teddy, der jodeln kann«, da wird die Hölle die Seelen nicht zu sich rufen müssen. Da, nämlich, sind sie bereits.

Facts & Feelings

Andreas Türck und sein Fanbuch

»Meine Güte, wie ist denn dem Andreas Türck zu helfen?« Die Antwort darauf lautet schlicht und einfach »Gar nicht«. Denn die Frage ist denkbar falsch gestellt. »Wie ist einem Rezensenten zu helfen, den die *Eulenspiegel*-Redaktion dazu verdonnert« – von Erpressung will ich an dieser Stelle gar nicht sprechen, sonst ziehen sie mir wieder 10.000 Mark vom Zeilenhonorar ab –, »wie also ist einem zu helfen, der diese papiergewordene Raubkopie schwindeligster Geistesabsenz, puh, rezensieren geht ja nicht, aber in einem vorgegebenen Zeilenumfang erwähnen soll?« Das müßte gefragt werden. »Auch nicht«, lautet die präzise Antwort, und »Wie auch?« die anschließende, vollauf berechtigte Gegenfrage.

»Andreas hatte zu seinen Eltern von Beginn an ein sehr gutes Verhältnis«, beichtet seine Kurzbio. Er sei »in Gießen« geboren worden, »Kabelträger beim ZDF«, dann auf einmal Moderator von »Dalli Dalli« gewesen, höre noch heute freiwillig »John Lennon« und könne sich »gut vorstellen, auch mit Siebzig noch ein lockerer Typ« zu sein. Kurz: das Psychogramm eines sendebewußten Teilzeitdiakons, eines Peter Maffay ohne Lederjacke, der gottlob nicht singt. Klar, daß sie so eine psychotrope Schwafeleinheit ins TV sperren. Dort kann er massiv Milieugeschädigte brüllen lassen, was sie nicht zu sagen haben, und die Welt jeden Tag ein Nanogramm unerträglicher machen, als sie eh schon eingerichtet ist.

»New York ist einfach die beste Stadt«, das kommt dem Master of Ceremony genauso frech von den Lippen, wie allen anständigen Vätern, sie hätten in der Wehrmacht auch nur Befehle ausgeführt. »Ich sehe mich einfach als jemand, der sehr präsent ist.« Noch präsenter ist die von Andreas Türck präsentierte Realität, denn Realität gibt es allein noch im TV. Und dieses rabiat auf pure Sendetauglichkeit Eingedampfte heißt dann »360°-Echtraum-Deko«. Und das Leben darin paralysiert zum endlosen Werbeclip. Längst ist es keine Kunst mehr, ins TV zu kommen, sondern unsere letzte verbliebene Kunst ist, ihm zu entrinnen.

Am besten, wir laufen schnellstens ganz weit weg. Nur wohin? Sämtliche Himmelsrichtungen sind voll mit denen, die sehr präsent sind. Vor allem seit dem 25. Februar 1998, Montags bis Freitags, 15 Uhr auf ProSieben.

Maßgaben der Unterhaltungskunst
Die Kim Fisher

Die Kim ist Jahrgang 1969. Die Kim hat freches blondes oder braunes Kurzhaar. Eigentlich führt die Kim noch einen Künstlernachnamen: Fisher. Und zwar weil die Kim Schlager singt: »Dann war es doch Liebe«, zum Beispiel. Kim Fisher (»Dann war es doch Liebe«) muß es also korrekt heißen.

Die Kim ist nicht dumm, nein, so einfach machen wir es uns nicht. Die Kim hat »die Kirche im Dorf, das Herz auf der Zunge und das Geld auf der hohen Kante«. Für Leute mit Schulabschluß: Die Kim ist prasseldumm. So prasseldumm, daß ihr selbst der Matthias Reim (»Verdammt, ich lieb' dich«) nach nur einem Jahr »großer Liebe« weggelaufen ist.

Da kommen ihr so Ideen: »Nach Matthias hatte ich ein Jahr lang eine Phase, in der ich dachte: Jetzt mußt du einfach mal alles ausprobieren, was du während deiner Beziehungen immer haben wolltest. Mal ausbrechen. Was Verbotenes tun.« Eine dieser Ideen gewann in der Moderation der mdr-Talkshow »Riverboat« (2,1 Mio. Zuschauer) Gestalt. Ab 1998. Auf diesem »Riverboat« (1,76 Mio. Zuschauer) schieben drei mit Mückenpatschen bewehrte Moderatoren zu hundserbärmlichem Dixielandmuzak Kajütendienst und schleppen einen masturbatorischen Mix aus Hüpfeburg und Betriebsausflug – ein Gott und Geist verborgenes Übungscamp im Danebenbenehmen – durch die endlos scheinende Sendezeit.

Die bisherige Besetzungsliste der Kommandobrücke von »Riverboat« (1,68 Mio. Zuschauer) liest sich denn auch wie eine Geisterbahn: Antje Garden (»vor sechs Jahren tragisch verunglückt, ihr Mann im Knast«), Christiane Gerboth (»In der DDR habe ich gelernt mich durchzubeißen. Mich haut so schnell nichts um.«), Peter Stefan

Herbst (»nie gehört den Namen«), Klaus Peter Grap (Moderator und Schauspieler: »Der Mond scheint auch für Untermieter«; Fernsehdirektor Henning Röhl über Grap: »Ein frecher Typ.«), Madeleine Wehle (»große Mandelaugen, Schneewittchen-Haar, aber zu blaß, sieht keinen Stich«), Jörg Kachelmann (»manövrierte den Unterhaltungsdampfer mit seinem bissigen Humor in schwere See«) und »last but not least« Kapitän Jan Hofer (»Die Frauen an meiner Seite in der Öffentlichkeit sind alle nur flüchtige Flirts.«). Sie wird nur noch von den Gästen übertroffen. Eine wie die Kim hat da gerade noch gefehlt.

Die Kim ist trotzdem kritisch, »schaut sich ihre Sendungen an, macht sich Notizen« – im Feigling-Rausch: »Manchmal bin ich zu verletzend, manchmal zu freundlich. Entweder bin ich sehr freundlich oder sehr traurig. Manchmal sehr laut, manchmal sehr leise. Ich muß erst lernen, die goldene Mittellage zu finden«, hühnert sie prompt in den Teleprompter. Aber immer wie angetütert. Das sind die Maßgaben ihrer mit nichts als plumper Dummheit gedopten Unterhaltungskunst. Ob blond, ob braun, man möchte sie nur hau'n. Die Fähigkeit, sagen wir mal, eines anatomisch normal ausgebildeten Mitteleuropäers, sein linkes Auge für zwei Sekunden geschlossen zu halten, wirkt dagegen wie ein kolossales Kunstwerk, wie die reife Großtat eines Titanen.

Die Kim ist dafür der female Scheitelpunkt der beiden ranzigen Schenkelklopfer Jan Hofer und Jörg Kachelmann, die ..., ach, vergessen Sie's. Immerhin sind wir hier beim mdr, bedenken Sie das! So souverän diese Sendeanstalt aus der Frage »Wer wen?« eine Partnerverkupplungssendung namens »Wer mit wem?« in den Zielgruppenhimmel transzendiert, so dreist verplattgoldet sie mit »Riverboat« (1,4 Mio. Zuschauer) die Frage »Was tun?« zu »Was nun?« und plättet somit die pure Rat- und Ahnungslosigkeit ins mitteldeutsche Wohnzimmer.

Ein zurechnungsfähiger Mensch glaubt nur, was er sieht. Ein mdr-Zuschauer will nur sehen, woran er glaubt. Zum Beispiel glaubt er beharrlich, es sei eine Kunst, ins Leberwurst-TV zu kommen. Obwohl doch dieses perniziöse »Riverboat«-Trio alle vierzehn Tage das strikte Gegenteil beweist. Und was der Zuschauer von der kakophonen Stammelprosa nicht gleich beim ersten Glotzen kapiert hat, transkribiert ihm der wöchentliche mdr-Newsletter *Super Illu* in einfachen Aussagesätzen und mit optimal wenig Fremdwörtern auf Papier. Wie riesig schön und richtig wichtig beispielsweise der Auftritt von Alt-Kanzler Helmut Kohl (»Käpt'n der Nation«) gewesen sei. Wie riesig schön und richtig wichtig es sei, Jan Hofer oder Jörg Kachelmann zu heißen. Oder *Super Illu* schaltet eine tolle Kohabitationsanzeigenkampagne mit der Kim, fast oben ohne, im Néglilgé. Headline: »Wo ist der Kerl, der mich *glücklich* macht?« Damit sie endlich wieder unter die Haube kommt. Aber: »Ich bin sehr freiheitsliebend. Und er [Matthias Reim, d.V.], der impulsive Bauchmensch sagt: ›Ich schmeiße mich sofort völlig rein in eine Beziehung. Sage nach drei Tagen: Komm, laß uns zusammenziehen.‹ Das ist natürlich schwierig bei Frauen, die etwas in der Birne haben.«

An, nicht in, Kim!

So viel Lust zu kleben

Igitt Schrowange gibt keine Ruhe

Es tut einem richtig weh, die alte Mär vom schön aussehenden Dummchen zu bemühen. Aber dummes Zeug schwätzen – da haben wir wahrlich Überangebot, auch ohne sie. Und das Bild stimmte ja nur, wenn Birgit Schrowange auch wirklich schön wäre.

Eine »Frau« mit der Leidenschaft eines Sacks rostiger Türklinken, die ständig behaupten muß, sie sei intelligent und sexy, ist peinlich genug. Denn sie weiß nicht, wovon sie redet. Ihr Lebensersatzorbital heißt »Partys, Porsche, Prominenz«, in dem sich die Damen für Mode und die Herren für Automobile zu interessieren haben und in dem man auch schon mal – Gipfel der Ausgelassenheit – »in billigen T-Shirts durch Touristenzentren« albern und als Kind – Gipfel der »kriminellen Energie« – auch mal Bonbons klauen oder die Unterschriften der Eltern fälschen darf.

Was schlimm ist: Viele glauben, daß es das wirklich gibt. Was noch viel schlimmer ist: Viele glauben, daß es das wirklich geben muß.

»Ich mag mir gefallen«, quakt das häßliche Entlein, bei dessen Anblick man keinen hoch kriegt, es einem aber unweigerlich hochkommt. Nicht umsonst ist die »Fliesenlegerstochter« von den deutschen *Playboy*-Lesern zur »Erotischsten Frau 1994« gewählt geworden. Ihr Buch zur Fernsehsendung ist die überflüssigerweise typographierte Masturbationsvorlage für die vom ständigen Hochleistungsdruck in der »freien Wirtschaft« gestählten Manager und sonstigen Drecksäcke, die für jeden Scheißdreck eine eigene »Philosophie« haben und noch überflüssiger als Birgit sind.

Wer aber glaubt, Birgit steige nur mit den ausgesuchtesten Dumm-fickt-gut-Hengsten in die Falle, irrt gewaltig: Allenthalben väterliche Typen sind es, denen sie verfällt und die uns augenblicklich an Sterbehilfe denken lassen. Selbst Hellmuth Karasek gefällt ihr: »Er strahlt Ruhe aus und vermittelt doch den Eindruck eines quicklebendigen Teenagers.« Puh! Das war knapp. Und Drafi Deutscher unterstellt sie ein Pendeln zwischen »Genie und Wahnsinn«. Das muß man sich mal vorstellen! Wahnsinn mag ja noch stimmen, aber Genie?

Igitt Schrowange hingegen lebt in dem Wahn, in ihrem Buch »ihre Geschichte« erzählt zu haben. Da irrt sie nun noch gewaltiger. Die in prima übersichtlichen Kurzsätzen transportierte Weltsicht, kombiniert aus beängstigender Einfalt und »schicker Schlichtheit«, ist nichts anderes als genau das Gegenteil von Leben beziehungsweise seiner Reflektion. Und daß ausgerechnet sie eine Fernsehsendung moderiert, die sich »Life – Die Lust zu leben« nennt, ist doch an allem der schönste Spaß. Klar, daß das »Buch« zur Sendung zum angeblich richtigen Leben dann rechtmäßig *So viel Lust zu kleben* zu heißen hätte. Doch wir halten fest: Wer seine mickrige Schwundexistenz, für deren von klein auf durchgestylten Vollzug selbst der Begriff Dasein ein paar Nummern zu groß sein dürfte, solchermaßen referiert, dem ist das Schicksal der großen, blonden Schwester selig aus England eigentlich wie auf den Leib geschrieben.

Dafür würden wir sogar den Führerschein machen.

Zivilisationsschutt

Arte-Themenabend »Lustobjekt Auto«

Wenn Gott in drei Millionen Jahren vernunftbegabte Wesen im kilometerdick sarkophagisierten Zivilisationsschutt dieses Planeten wühlen und vielleicht einen Mattglanzkatalog von der Frankfurter Internationalen Automobil Ausstellung finden läßt, werden sie jede weitere Suche nach Spuren hochentwickelter Kulturen sicher entnervt aufgeben. Denn hier hat der fleischgewordene Irrsinn alljährlich Hofrunde.

Und der Sender Arte bemüht in seiner Berichterstattung darüber eine Art Reflexion, die, zum einen, der ubiquitären Autoabhängigkeit etwas Panoptikumhaftes andichten will und, zum anderen, sie liebend gerne auf andere Völker delegieren möchte. Diesmal mußten die Italiener dran glauben. Doch dieses Italien ist überall.

»Ein schnittiger Wagen und eine schöne Frau – das Erfolgsrezept für einen traumhaften Sommer!« So paraphrasiert die Kreatur ihr blondinozentrisches Weltenbild, in dem asexuelle Rennfahrer mit Designerkinn gallonenweise darmwarmen Champagner abspritzen. Die Konnotationen sind unüberseh- und -hörbar. Irgendwelche Schlitze und Ritzen und Fugen, in denen man herumfingern kann, hat jedes Automobil. Am liebsten würde man noch Mikrophone in den Motorraum pflanzen, und das Lenkrad, hui, das ist echt 'ne haptische Sensation. Zeitgenossen, denen man nicht im Hellen begegnen möchte, in deren überheizten Gemütern es wie das ganze Jahr Weihnachten aussieht, faseln von Leidenschaft, und ihre Augen werden glasig, wenn sie auf ihre eigenen Unfallfotos sabbern oder in nahe gelegenen Altöltümpeln asen. »Bei 245 km/h hab' ich den fünften Gang eingelegt, und es kam – nichts.« Das sind Sorgen.

Die O-Töne klingen, als berichteten Kriegsverbrecher davon, wie spaßig die letzte Massenvergewaltigung gewesen sei. Der Vergleich ist so abwegig nicht: Einspielungen historischer Filmfetzen erinnern beklemmend an Kriegsbilder und die dümmlichen Posen durchgeknallter Autobesitzer an den Stolz von Wehrmachtsangehörigen vor/hinter/neben strangulierten Partisanen. So anrührend tölpelhaft es scheint: Das Automobil ist und bleibt der tiefgelegte, Blech gewordene Wille zur Macht. Nicht umsonst heißt das Ticket für dieses Paralleluniversum in der BRD »Führerschein«.

»God loves cars!« quiekt eine Nonne aus den USA mit straßengrabentiefen Stirnfurchen in die Arte-Kamera. Ein Grund mehr, ihren Boß wenn schon nicht für tot, so doch für mindestens hochgradig bekloppt und überdies kreuzgefährlich zu halten.

Geglaubtes

Du sollst lügen!
Wie die Christen das Blaue vom Himmel herunter schwindeln

»Was würdn wa denn heute sagn, wenn der Junge vom Tischler-Joseph drüben, eben issa aus der Volksschule, uns über Gottundewelt belehren wollte? Der hat doch nischt gelernt! Kann keene Sprachen, hält de Erde fürn Fannkuchen, weeß bloß Kreisklatsch. Kunst und Wissenschaft, Mattematiek, oder wie die Brüder alle heeßen: keene Ahnung! Gelebt oder 'n Beruf ausgeübt hat er ooch nich, also ooch keene menschliche Erfahrung weiter; nischt durchgemacht – ... was hat Der mir groß zu sagen?!«

Arno Schmidt

Es ging schon gut los mit Maria: Läßt sich vor dem in Judäa dafür vorgesehenen Mindestalter von irgendeinem dahergelaufenen Strolch anknallen – die Pantera-Legende spricht gar von einem römischen Legionär. Aber Maria, nicht dumm, denkt sich eine der coolsten Ausreden aus, welche die Weltgeschichte bis dato zu bieten hatte. Und eine der folgenreichsten, wie wir noch sehen werden. Danach habe der Heilige Geist sie geschwängert. Dazu mußte dieser Heilige Geist zwar erst erfunden werden, aber dazu später.

Maria hatte Glück. Ihr wurde geglaubt, nicht nur vom Dorf und von den Theologen. Auch ihr Verlobter, der vor der Hochzeit nicht ran durfte, nahm die Sache als gottgegeben hin. Wenn es ihn als »Joseph« überhaupt gegeben hat. Aber egal. Der Casus wäre den Sitten und Gebräuchen entsprechend übrigens mit Steinigung geahndet worden. Eine total uncoole Sache, wie Maria sich lebhaft vorstellen konnte. So was kam um die Zeit ja alle naslang vor. Ihr »Child of innocence« (Kerry Livgren) aber hieß Jesus. Oder besser Josua/Joschua (»Gott rettet«). Den Spitznamen Christus (»Der Gesalbte«) gaben ihm viel später hellenistische Kerygmatiker. Bei *der* Vorgeschichte ist es kein Wunder, daß der Sohnemann Allüren bekommt. Oder sind es die Gene? Und weil die Parthogenese so schlecht nicht gewesen sein kann, wird's gleich noch mal probiert. Es folgen dem Erstgeborenen etliche Zweit- bis Achtgeborene, die relativ normal geraten. Doch Gott als Leihvater für die Geschwister läßt sich heute leider beim besten Willen nicht verifizieren. Es scheitert kaum an unseren heutigen Mitteln – Gentests, Speichelproben und Penisabdrücke –, es scheitert vielmehr an der Tatsache, daß diese ganze nahöstliche Schwindlertruppe nie im Leben wirklich existierte. Wenigstens nicht im Line up des Neuen Testaments. Außerdem ist Gott spätestens seit Friedrich Nietzsche mausetot.

Nehmen wir aber mal einen »historischen Jesus« an, den »aufgeklärte« Theologen immer wieder gerne bemühen: Außerbiblische Quellen zur »Person« gibt es nicht. Die wir haben, sind christlich redigiert beziehungsweise falsifiziert, allen voran Flavius Josephus. Niemand will vom »historischen Jesus« gewußt haben. Also kann er so angesagt nicht gewesen sein.

Die Zeugnisse seiner Taten, die Evangelien, wurden samt und sonders von Nichtzeitgenossen verfaßt, zum Teil hunderte Jahre später, vollkommen verrunkelt, verdreht und mit quietschebunter Komparserie ausgeschmückt. Damals wurde der Beruf des Ghostwriters erfunden. »Kein Augen- oder Ohrenzeuge spricht noch direkt zu uns.« (Christoph Burchard) Selbst katholische Theologen müssen konzedieren, daß kaum einer der Aussprüche tatsächlich auf Jesus zurückzuführen sei. Und »über die Zeit bis zu Jesu erstem öffentlichen Auftreten wissen wir gar nichts« (Traugott Holtz). Toll. Bethlehem als Geburtsort? Fehlanzeige. Nazareth? Gab es um die Zeit noch gar nicht. Wann wurde Jesus geboren? Um 7 vor Christus bis 7 nach Christus, heißt es. Ungefähr. Wie war es mit den Wundern, den üblichen Quacksalbereien, die man jedem Teilzeitpropheten andichtete? Wasser zu Wein? Mit fünf Broten und zwei Fischen fünftausend Menschen verköstigen und dann zwölf Körbe mit Fisch- und Semmelmehl einsammeln? Umgekehrt wird ein Schuh draus. Renaturierungen und Exorzismus, Physiotherapie? Blinde können wieder gehen, Lahme wieder sehen? Krippe, Ochs & Esel, Kindermord zu Bethlehem, die Weisen aus dem Morgenland, Taufe, Bergpredigt, Installation des Heiligen Geistes, Abendmahl, alle den christlichen Glauben konstituierende Szenen? Kompletter Humbug. Als Gottes Sohn hat er sich höchstens bezeichnet wie jeder andere Israelit auch; den Messias zu proklamieren, wäre einem »historischen Jesus« nicht im Traum eingefallen. Die öffentliche Behauptung dessen allein hätte genügt, ihn den nächsten Atemzug nicht tun zu lassen. Kirchler haben es ihm nachträglich in den Mund gelegt.

Jesus alias Josua ben Heiliger Geist war, wenn überhaupt, einer von vielen jüdischen Apokalyptikern oder Kulturpessimisten, die das unmittelbar nahende Ende, den Untergang der Menschheit, annahmen und beschworen. Von den Typen standen nicht nur zur fraglichen Zeit in jeder Fußgängerzone zehn herum. Josua hatte keine prophetische Gabe: Was er den Leuten einredete, zielte auf ein ziemlich baldiges Ende; daher der moralische Rigorismus und die Philanthropie. Seine Ermahnungen wurzelten und fruchteten allein im rein-jüdischen Kontext, im Streit um die Befolgung biblischer Anweisungen und Gesetze. Josua war absolut gesetzestreu, also streng-jüdisch. Auf Nichtjuden wettete er keinen Pfifferling.

Ob er wirklich gekreuzigt wurde, kann niemand beweisen. Warum auch? Als Gotteslästerer (denn mehrere Taten, welche die Evangelien »dokumentieren«, erfüllen diesen Tatbestand) wäre ihm nach jüdischem Recht die Steinigung gewiß gewesen. Die Römer hüteten sich da vor Einmischungen. Wäre er ein ganz profaner politischer Aufrührer gewesen, was noch unwahrscheinlicher ist, dann Kreuzigung nach römischem Besatzerrecht.

Sicher ist, daß es überhaupt keine Kreuze gab. An den schönsten Wellness-Wanderwegen Richtung Emmaus standen Pfähle, senkrecht in den Boden gerammt und bereit für die Exekutionen. Hoch waren sie nicht. Eher so knappe zwo Meter. Der Querbalken, der vom Delinquenten vor Ort zu verbringen war, wurde oben (per Nut) aufgepflanzt. Ergab ein großes T. Aber niemalen ein Kreuz. Also: Josua wurde allenfalls ge-T-t. An den Balken gebunden oder geklebt, fast auf ebener Erde – jeder konnte ihn anspucken, kitzeln, sonstig demütigen; hinzu kommen der Durst, die Fliegen, das Gewürm; die Ornithologie verschafft sich ihr Recht und beginnt vielleicht am Auge oder sonstwo zu picken ... nein, das ist der denkbar schlimmste aller Tode. Und der langwierigste obendrein.

Über den Zeitpunkt dieser angeblichen Hinrichtungsshow wird wild spekuliert. Keiner und Niemand wissen Genaueres. Die anschließende Auferstehung ist selbstverständlich reines Apostellatein. Keiner hat ihn wirklich gesehen. Außerdem widersprechen sich die Evangelien so sehr, daß sie auf ewig mit kilometerlangen Pinocchio-Nasen herumlaufen müßten. Das Grab war leer, heißt es oft zum »Beweis«. Logisch. Nur welches Grab denn? Gesichert dürfte sein: Nach einer Hinrichtung kurz vorm Sabbat ist höchstens eine ziemlich prosaische Verklappung in der Fäkaliengrube am Gewerbegebiet der Stadt denkbar. Raubvögel und Nagetiere besorgten den Rest. Nicht mal zum »Giant for a day« (Gebr. Shulman) hätte es gereicht. Wir hätten Josua gerne Schöneres gewünscht. Aber es gab ihn ja gar nicht.

Warum aber glauben heutzutage noch soundsoviel Millionen Menschen auf dem Erdenrund an einen jüdischen Landstreicher oder Aufwiegler oder eigentlichen No Name? Abgesehen vom Selbsterhaltungstrieb eines Riesenapparates, den wir uns angewöhnt haben Katholische oder Protestantische Kirche zu nennen?

Nun, es gab den »Apostel« Paulus. Die cleverste und zugleich windigste Gestalt in diesem Zusammenhang. Sein Damaskus-Erlebnis ist sprichwörtlich geworden. Aber nicht nur das. Wir bieten zwei Erklärungsmöglichkeiten an: Er war vielleicht, erstens, ein machtbesessener Egozentriker und formte, geschickt die ihm damals zu Gebot stehenden Mittel der Mythenbildung nutzend, die urchristliche Kirche. Er schaltete – rhetorisch versiert und polemisch RTL2-tauglich – seine Konkurrenten aus, den Josua-Bruder Jakobus und auch Petrus, den ursprünglichen Fels, auf dem Jesu Kirche gebaut sein sollte (die wir erst Paulus zu verdanken haben).

Oder er war vielleicht, zweitens, ein eingeschleuster Spitzel, der, von wem auch immer, die frühchristlichen Bewegungen zu steuern und zu entschärfen hatte. Immerhin war er römischer Staatsbürger. Was aber hätte die Römer dazu bewegen sollen? Ihren Untertanen beließen sie ihre Kulte, soviel Kultur war immer im Römischen Weltreich. Die notorischen Christenverfolgungen sind eindeutig spätere Identifikationsmärchen. Man schildert selber gern seinen Opfergang, um die nun anstehenden eigenen Grausamkeiten relativieren und begründen zu können. Die makaberste Form der Erbauungsliteratur – da haben unsere Christenfreunde eindeutig Maßstäbe gesetzt. Wir schweifen ab.

Paulus – egal welcher Provenienz (sein Ende wie auch das von Petrus ist lediglich legendär) – war der eigentliche Stifter der christlichen Religion und Erfinder des Missionsauftrages. Das ist klar. So eine Art Chef vom Dienst (CvD) in der vorläufigen Endredaktion des Neuen Testaments, einer, der den »historischen Jesus« hinbiegt, damit er zu allem taugt. Vor allem für Pauli Zwecke. Trotzdem sind sieben der Paulus-Briefe gefälscht. Denn der nächste CvD biegt auch den Paulus hin, damit er zu allem taugt. Vor allem für Kirchenzwecke. Sauber. Darin stehen die Neutestamentler in astreiner Tradition. Schon das Redaktionskollegium des Alten Testaments hielt sein Riesenpatchwork nur dadurch zusammen, daß es »sinnvoll« strich und ergänzte und gebetsmühlenhaft wiederholte, »diese vielen verschiedenen Götter [seien] letztlich ein und derselbe Gott« (Walter Beltz).

Schon bald erkannte der Klerus, wo das eigentliche Potential Jesu liegt. Nicht in seiner Historizität, sondern in der Paulinischen Interpretation des Jesus-Mythos. Das begriffen sehr schnell auch die weltlichen Herrscher. Kaiser Konstantin bemühte sich nicht umsonst um ein Christentum als Staatsreligion. Nicht ohne nebenbei trotzdem wacker Knochenorakel zu befragen. Erst am finstersten Lebensabend ließ er sich eine Last-Minute-Taufe verpassen. Er wird gewußt haben, warum.

Unter seiner Ägide wurden die Bischofsgemeinden 313 u. Z. als vermögensfähige Körperschaften eingestuft, 321 wurde deren Erbfähigkeit manifestiert, 325 in Nizäa das erste große (Schwindler-) Konzil inklusive umfassender Säuberungsaktion einberufen und eine weitere Endredaktion des Neuen Testaments vorgenommen. »Seit Nizäa nehmen die Christen an, die Wahrheit könne bei wichtigen Treffen wichtiger Leute definitiv vereinbart werden.« (Peter de Rosa) Je nach Windrichtung und Luftfeuchtigkeit verschlimmbesserten fünftklassige Kopisten und Sektenchefs, besoffen von lächerlichster Autoritätsanmaßung, im Interesse der Homogenisierung und Standardisierung die vielen Kleinlehren zu einer vorläufigen »Rechtgläubigkeit«. Alles andere hieß fortan »apokryph«. Da wären die Gnostiker, Enkratiten, Manichäer, Novatianer, Mazedonier, Arianer, Luziferianer, Donatisten, Pelagianer, Nestorianer, Apollinaristen, Monophysiten und wie sie alle heißen mochten. Es folgte die Erfindung der Dreifaltigkeit (die keiner jemals vorher, weder das Alte Testament noch Josua ben Dingsbums noch sonstwer ernsthaft behaupten mochte), denn »drei« klingt immer gut. Haben die anderen Religionen doch auch. Auf einmal gab es eine »apostolische Sukzession« – jeder Bischof leitete sich »irgendwie« (Michael Rudolf) von den Aposteln ab. Es folgten die Einrichtung eines prosperierenden Heiligenfonds als Zugeständnis an polytheistische Ex-Heiden und zu guter Letzt die Mariologie in all ihrer Disneyhaftigkeit. Für die Erklärung der Empfängnis in Sachen Josua-Geschwister geht das Geschwindel zügellos weiter, denn wir wissen ja, Maria empfing unbefleckt und bleibt unbefleckt in Ewigkeit. Amen. Es gibt die wunderbare Anekdote von der ungläubigen Salome, welche die Virginität Mariä anzweifelt, jedoch »unter Anlegen eines Fingers« das Jungfernhäutchen überprüfen darf, wofür ihr zur Strafe allerdings die Hand abfällt. Diese Nachricht gilt laut Clemens Alexandrinus und Zeno von Verona als »historisch«. Das also ist Dogma. Und wo Dogma drauf steht, ist nur Schwindel drin. Und was ist jetzt mit den Josua-Geschwistern? Heiliger Geist once again? Oder Windbestäubung? Egal.

Ganz und gar nicht egal darf uns sein, daß Kirche respektive Christentum nur das preisgeben, was augenscheinlich nicht mehr zu halten ist. Karlheinz Deschner stellt völlig zu Recht mit zunehmender Aufklärung auch einen eklatanten »Wunderschwund« fest. Moderne Theologen versichern uns dafür mit leicht geneigtem Haupt, selbst der »historische Jesus« könne für sie komplett destruiert werden, es hätte keinen Einfluß auf ihren Glauben, auf ihr Heilsverständnis. »Was Jesus wirklich sagte und tat« (Gerd Lüdemann), war und ist ihnen wurscht. Denn Glaube bedeutet nicht nur Nichtwissen, sondern vor allem Nichtwissenwollen. »Das Volk gläubet jetzt so leichthin, wie eine Sau ins Wasser brunzet.« (Thomas Müntzer) Kein

Wunder, daß das Neue Testament unangefochtener Bestseller der Neuzeit ist. Wer aber nicht »gläubet«, der ist reif für die »Civitas diaboli«. Dafür mußte das Reich des Bösen erfunden werden, denn die Redakteure des Alten Testamentes kannten keinen Teufel. Auch von Hölle keine Spur, nirgends.

Doch fühlen die Täter sich nicht als Lügner. Nach Augustinus ist der »fromme Betrug« (Karlheinz Deschner) »keine Lüge, sondern Mysterium«. Und Thomas von Aquin nennt es »Heilswahrheit«, wenn sich die Himmelsbalken biegen. Thomas von Aquin faßt außerdem einen weiteren wichtigen Aspekt zusammen: »Die Juden sündigten nicht nur als Kreuziger des Menschen Christus, sondern als Kreuziger Gottes.« Das kann er nur beim Startheologen Augustinus aufgeschnappt haben. Der brillierte schon zeitig mit seiner Zappelphilippika »Gegen die Juden«, ohne auch nur eine blasse Ahnung vom Judentum zu haben. Ihren Sabbat hielten sie nur, um zu naschen, zu faulenzen oder um schamlos den ganzen Tag auf ihren flachen Dächern zu tanzen. Sie seien »Sünder«, »Mörder«, »eine triefäugige Schar« und »aufgerührter Schmutz«. Pogrome erklärt er lapidar damit, daß Gott »ihren bösen Willen vorausgesehen habe«. Und Strafe müsse sein. Na bitte.

Karlheinz Deschner berichtet: »Die Laienbildung, die es im 6. Jahrhundert noch gibt, erlöscht jetzt jahrhundertelang so gut wie ganz [...] Von Afrika bis Gallien liest man fast ausschließlich Heiligenlegenden, Mönchsromane, und in der Schule unterrichtet man fast gänzlich anhand der Psalmen [...] Besonders die Mönche entwickeln eine ausgesprochene Bildungsfeindschaft, zumal gegenüber der Philosophie.« Das klerikale Bildungsmonopol hat einen Riesenvorteil: Mit gefälschten Kaisersiegeln und frech (und falsch) zurückdatierten Dokumenten wird der Adel nach Strich und Faden um Riesenländereien betrogen. In Klöstern wie Le Mans, Reichenau,

Montecassino und Corvey werden professionelle Fälscher herangezüchtet, die mit haarsträubenden Falsifikaten helfen, Gottes irdischen Immobilienbesitz für den theologischen Landbau »wundersam« zu mehren. Wo das nicht klappt, hausiert man mit Souvenirs aus dem Heiligen Land: Windeln mit original Bremsspur, Schnuller vom Jesuskind, Jesu Schweißtücher und Badelatschen, Kreuznägel, Kreuzsplitter mit original Holzwürmern, original Marienmilch, weiß der Kuckuck, sogar die Bundeslade. Auch mit Jesu Vorhäuten lassen sich prima Geschäfte machen. Die in der Frauenkirche (!) zu Antwerpen ausgestellte Vorhaut vertropft um 1114 sehr fremdenverkehrsfreundlich dreimal Blut, und die in der Tourist Information zu Rom deponierte ist auch nicht ohne. Schließlich verbürgt sich die heilige Brigitta (!) im 14. Jahrhundert für deren Echtheit. Seither orgasmieren die Nonnen von einer Agape zur anderen.

Und das Lügen geht weiter. Christi Raum- und Himmelfahrt wurde erst 1550 von Papst Pius XII. definiert. Das 1. Vatikanische Konzil hielt am 18. Juli 1870 sicherheitshalber die Endabstimmung zur päpstlichen Infallibilität (Unfehlbarkeit) ab. Denn die Lehre der Kirche ist allmächtig, weil sie wahr ist. Und sie ist wahr, weil sie allmächtig ist. Dank der »Päpstlichen Bibelkommission«, der »Kongregation für die Glaubenslehre« und ihres Chefs, Joseph »Josi« Ratzinger, für Katholen noch heute. Letztere wurde eingerichtet im Jahr 1965, hervorgegangen aus dem 1542 gegründeten »Heiligen Offizium«, welches aber vorher hieß »Die Heilige Inquisition«.

Die Protestanten sind kein Gran besser. Kopulieren und Pokulieren! Das war zeitlebens Martin Luthers Devise. Heute wäre der dreiste und feiste Märchenübersetzer am besten mit der Arschwischvokabel »Querdenker« zu charakterisieren oder als »Radikalreformer«, im Jelzinschen Sinn. Der profilierungssüchtige Wind- und Wichtigmacher verstand es wie kein zweiter, sich der damaligen Medien (Hellsehen, Denbürgersfrauenschöneaugenmachen, Gerüchteküche, Wanderpredigt, Massenpsychose) zu bedienen, um sich als großer und enormer Mann darzustellen. Dabei hatte er in jungen Jahren nur ein wenig zu doll auf den Busch geklopft und den Papst wegen ein paar Nebensächlichkeiten gefrotzelt. Später, als er seine Pfründe gesichert sah, regredierte er zum Couchpotatoe: »Fürchte Gott, ehre die Obrigkeit und sei nicht unter den Aufrührern!«

Nicht verzeihen wollen wir ihm auch die konfessionell gebundenen Quasselstrippen, Miet- und Honorarpastoren, die wir ihm zu verdanken haben: Franz Alt und seine Frau Bigi schreiben: »Richtig ist, daß Jesu Jünger nicht über ihren Schatten, ihr jüdisches Umfeld springen konnten. Wir sollten das heute aber endlich tun.« Heraus kommt Jesus als »der erste neue Mann«, und wie immer werden Behauptungen mit Behauptungen bewiesen. Aber Franz und Bigi setzen noch einen drauf: die »an Jesus orientierte Politik«. Und die bedeutet? »Weniger kaufen! Weniger wegwerfen! Weniger Energie! Weniger Chemie! Weniger Verkehr! [...] Weniger Abgas! Weniger Abfall! Weniger Lärm! Weniger Radioaktivität! Weniger Umweltzerstörung! [...] Weniger Streß! Weniger Krankheit! Weniger Kriegsgefahr! Weniger Angst!« Im Ausgleich dazu »Mehr Natur! Mehr Kultur! Mehr Freiheit für Sport und Bildung! Mehr Lebenssinn! Mehr Gemeinsinn! Mehr Frieden! Mehr Zukunft!« Mehr Nervensägenalarm! Und mehr Herbert Gruhl, denn dem und seiner ÖDP fällt so was wie eben dazu ein, um es dann von Franz und Bigi zitieren zu lassen.

Den Vogel jedoch schießen feministische TheologInnen ab. Christa Mulack postuliert, der Kreuzgang sei »nur ein Abbild des weiblichen Kreuzganges durch die Geschichte des Patriarchats«. And this is Elisabeth Moltmann-Wendel speakin': Maria Magdalena, die in ihrer »verschwenderischen Exzentrizität« Jesu Füße wäscht und salbt, habe damit für eine »stumme, aber nachdrückliche Revolution« gesorgt. Jesus sei vom »Nationalisten« und »sexistischen Macho« zum »Kosmopoliten« konvertiert. Wer Ohren hat, halte sie sich zu. Wer Beine hat, laufe, so weit sie ihn tragen! So wird Jesus nachträglich noch einmal von oder mit Schreckschrauben ans T geschlagen. Noch Fragen, bitte?

Keine Sekunde der Weltgeschichte ist durch die Schwindelreligion besser, schöner, erträglicher geworden. Im Gegenteil: Millionen haben als »Gegner« und »Feinde« dieser Institutionen, dieses Glaubens ihr Leben lassen müssen. Auf meist sehr profane Art und Weise, wenig unterhaltsam, selten mythifiziert. Die »bewaffneten Wallfahrten gen Jerusalem« (Hans Wollschläger) und die »Wahrheitsfindung« qua Inquisition, sämtliche Christianisierungen, das Kanonensegnen, der Vatikan als Nazifluchthelferbande, Eugen Drewermann, der Pfaffenpfau Friedrich Schorlemmer und, Gipfel aller nichtbiblischen Plagen: das Regime Hildebrandt – kein Verbrechersyndikat hat soviel Dreck am Stecken. Das glauben wir nicht nur, das wissen wir! »Gottes einzige Entschuldigung ist, daß er nicht existiert.« (Stendhal)

Brüsewitze

Frech wie Oskar

Zu den wenigen Vorteilen des SED-Staates gehörte, daß Ostpfaffen ihre Insuffizienz durch bessere Brennbarkeit kompensieren konnten; zu den wenigen Vorteilen des Kapitalismus auf gleichem Territorium gehört, daß das überlebende Gepfäff seinen Eskapismus bis zum Überdruß paraphrasieren kann. In zahlreichen Büchern über ihre verstorbenen Zündelbrüder, ad exemplum.

Über Oskar Brüsewitzens (*Das Signal von Zeitz. Evangelische Verlagsanstalt, 1992*) Kampf gegen die gottlosen Bolschewisten erfuhr ich unter anderem, daß er vom Kirchturm aus sein Dorf mit lauter Schlagermusik beschallte, bei der Grundsteinlegung zur neuen Dorfschule dem Bürgermeister demonstrativ den Rücken zukehrte, unzureichend umgesetzte Bibelsprüche als Poster anpinnte, Claims für evangelische Kinderspielplätze absteckte, wiederholt und unter Geschrei barfuß und mit weniger als einem Hemd bekleidet Fußball spielte, mit Sturzhelm Auto fuhr und so seine Felder pflügte, mittels Handfeger Staub in vorbeimarschierende Fanfarenzüge schleuderte und vieles mehr. Weiter ist zu erfahren, sein musisches Talent habe er nicht nur in Rauchzeichen, sondern auch leidenschaftlich gerne in flammende Funksprüche umgesetzt, wie: »Der liebe Gott wohnt heute in Wildschütz / Um 16.00 Uhr spricht zu euch der Pfarrer Brüsewitz.« Oder: »Ohne Regen und den lieben Gott / Geht die ganze Welt kapott.« Interessant.

Nach seiner Selbstentzündung habe es besonders bei Arbeitern Abscheu und Empörung bis hin zur – gewiß unhaltbaren – Behauptung gegeben, Pfarrer Brüsewitz sei geistesgestört gewesen. Das ist Blödsinn! In Wahrheit ließ das revolutionäre Aufbauwerk der viel geschmähten Arbeiterklasse noch genügend Zeit für wenngleich derben, so doch engagierten Witz: »Ein Pfarrer kommt mit seinem Trabi zur Tankstelle. Der Tankwart fragt: ›Haben Sie einen Kanister bei sich, oder soll ich Ihnen das Benzin gleich über den Kopf kippen?‹« Nachzulesen im Buch *DDR-Witze* (Dietz Berlin, 1994).

Die klerikalen Vorgesetzten hingegen »hinterfragten« die Insubordination ihres Zeitzer Pyrotechnikers theologisch indigniert: »Ist solch ein Opfertod nach dem Tode Jesu noch nötig?« Wenn er uns so unterhaltsame DDR-Witzbücher beschert, dann schon, möchte ich stellvertretend antworten.

In bed with Madonna

Karol Wojtylas neuer und vielleicht letzter 630-Mark-Job

Karol Wojtyla führte bisher, soviel ist gewiß, ein geruhsames Leben. Als Papst. Damit ist nun Schluß. Jetzt wird er Nachfolger von Jesus, denn der hat nach zweitausend Jahren sinnlosen Herumhängens an verstaubten Dorfkirchenkreuzen die Nase gestrichen voll. »Sollen doch die Menschen ihren Dreck alleine machen«, führte der verwöhnte Gottessohn vor versammelter Presse aus. Pünktlich zwei Tage nach seinem soundsovielten Amtseinführungsjubiläum soll Karol, der Stellvertreter Gottes, als dessen neuer Sohn ins Erlösungsgeschäft einsteigen. Denn er sei bestens dafür präpariert.

Wie immer wissen wir um die Hintergründe.

Erinnern wir uns nur an seine Jugendzeit, als er, bis ans Beffchen mit Kartoffelschnaps vollgepumpt, über unrasierte Novizinnen herfiel, bei gläubigen Großmüttern das Beichtstuhlverhalten kontrollierte und mit vergrindeten Kleinsäugern in Sünde lebte. Noch während seiner Kardinalszeit hat er sich in Krakau als Leihvater, Kampfbeter, Hostienfälscher und Stalinorgienvirtuose in alttestamentarischen Splattervideos seinen Klingelbeutel aufgebessert. Nicht umsonst wird er überall in seiner Heimat »Il Papa« gerufen. Jeder zweite schlesische Weberknechtshaushalt kann pikante Anekdoten hersagen, von »Karol the killer«, dem Kreisbesamer von Tschenstochau. Weitere Details unter @com.spiritu.tuo.

Der große Nachteil: Wojtyla wurde für Gott erpreßbar. Nicht sein Sohn soll für die Menschheit leiden, wie bisher, sondern der Papst mit der delikaten Vergangenheit.

Karols sich angeblich immer mehr häufende Marienerscheinungen sind nur eine vage Umschreibung der originellen Strafe, die dem schinkenpolnischen Würdenträger auferlegt wurde. »In bed with

Madonna« oder »Totus tuus – ganz dein, Maria« lautet nunmehr das Credo des rüstigen Jubilars, der auf Geheiß seines himmlischen Herrn als Cybersex getarnte Keuchmeditationen mit Mutter Maria vollziehen muß, immer dann, wenn jemand auf unserer Erdscheibe in unzüchtige Betrachtungen verfallen will. Indem der Stellvertreter Gottes, stellvertretend für uns alle, den Schweinkram virtuell erledigt, erlöst er uns auch von allem Übel, so der göttliche Heilsfünfjahrplan.

Damit sind nicht nur wir, sondern auch der Christengott ist fein raus: Seine Jung- und Ehefrau Maria blüht sichtlich auf, der Bub kann sich endlich mal einen Fetten machen, die Unzucht ist so gut wie aus der Welt, und Stellvertreter Karol büßt auch noch für seine Jugendsünden und macht unter Umständen – so Gott will – den Weg etwas früher frei für einen zackigen Nachfolger im Amt.

Aber täglich zwei Milliarden Marienerscheinungen? Wird der brave Johannes Paul II. das durchhalten? Und, vor allem, wie? »Dulce koitus inexpertis – schön ist der Geschlechtsverkehr für die, die ihn nicht kennen«, soll er schon manch erscheinungsfreien Augenblick angewidert geseufzt haben.

Sagte uns jedenfalls Genosse Ratzinger, neulich. Aber wer weiß, wer wirklich hinter diesem Komplott steht?

Big J.

Franz Alts erster neuer Mann

[Predigtentwurf für den Jugendgottesdienst 17.09.1997/nicht der Bigi zeigen!] An der Story des Neuen Testaments gilt es nach meinen jüngsten Quellenfunden in der Baden Badener Qumranbehörde einiges klarzustellen. Danach war Jesus nämlich *der* Stecher von ganz

Galiläa. Einer, der alles mitnahm, was nicht bei *Drei* auf den Bäumen war. Und Bäume, liebe Brüder und Schwestern, hat's da wahrlich nicht viel.

Gut sah er ja aus: lange braune Locken und Seattlebart. Leider keine Brille. Und keinen Pullover. Mit Tempelhuren und Zöllnern hat er rumgemacht, und er verstand sich was aufs Feiern! Wein zu Wasser machen konnte er wie kein Zweiter! Und wie ging es denn wirklich zu beim Abendmahl? Da hieß es Party! Party! Party! Die Synoptiker waren sicher nur uneheliche Söhne dieses Liebeswundertäters, die Apostel – eine Gruppe Hedonisten, die er nach Lust und Laune besprang. Ich sage nur: Rektalkommunion.

Big J. nahm die jungen Galiläerinnen durch, daß es eine Art hatte; die alten und faltigen Schachteln der Pharisäer und Schriftgelehrten aber verschmähte der wählerische Gottessohn. Das wurde ihm zum Verhängnis. Vielleicht haben diese ihn ans Kreuz geliefert? Andere Quellen, von der Qumranbehörde bislang sorgsam unter Verschluß gehalten, berichten wiederum, es habe ihn irgendeine Lustseuche hingerafft, mindestens aber ein durch Rückenmarkschwund bedingtes Kreuzleiden. In der mündlichen Überlieferung mit den üblichen morgenländischen Übertreibungen wurde dann kurzerhand eine Kreuzigung draus.

So entstehen Religionen. Das müßt ihr euch mal vorstellen.

Gegessenes und Getrunkenes

Heidemond von hinten

Wahre Lokale: Das Gast- und Pensionshaus Bangemann zu Bargfeld

Sicher war es eine glaziale Serie, die ausgerechnet in der Lüneburger Heide für arg geduckte Landschaft gesorgt hat und für eine ebenso geduckte Varietät Mensch. Auch der Himmel hängt recht niedrig. Die Gegend findet ihre Bestätigung in einem denkbar bescheidenen Begriffsapparat und einem gefährlich reduzierten Arsenal an Mimik und Gestik, mit dem dort eine Verständigung in Gang gehalten werden kann. Stieg man früher in die Wipfel eines Eichenkamps, der in jedem Dorf die Sauenaufzucht absicherte, konnte man der Landeshauptstadt Hannover freche Gesichter schneiden. Heute laufen die Heide-Ticker höchstens heiß, wenn in den Gemarkungen wieder einmal eine Eichel aus den Wipfeln geplumpst ist. Schwer erklärbar, warum selbst daselbst die Sonne Lust hat, auf- und auch unterzugehen.

Die Inhabitanten, den Geworfenheiten der agrikulturellen Daseinsebene ausgeliefert, drängte es früher gegen Abend zu einigen Bieren, korrespondierend dazu sicher zu der einen oder anderen Spirituose. Denn das Weib ist das Böse. Und man konnte beobachten, wie die angenehmen und kurzweiligen Begleitumstände öffentlichen Rauschmittelgenusses gerade hier nicht in ihre Rechte traten. Vielmehr brütete der Nährstand apathisch über dem Glas mit Wolters und über der Fruchtfolge. Ein unvermitteltes Grunzen fiel dabei mitunter ab, ein verlegenes Kopfkratzen. Dann wurde gezahlt, der obligatorische Gang in den Stall angetreten, um das eine oder andere am lieben Vieh zu vollziehen. Freudlos und am Sein traurig geworden.

Wer in solchen Breiten ein Lokal betrieb, mußte nicht eben eine Stimmungskanone sein. Eloquenz wäre ihm auch schnell als was Städtisches ausgelegt worden, und eine ausufernde Speisekarte ohne gravierende Fehler im schriftlichen Ausdruck wäre aller Debakel größtes. Auf ihr mußten sich Gerichte manifestieren, die dem Fremden sofort von der Lust zur Aufnahme fester Speise abhielten. Zum Beispiel der legendäre Stramme Max – ein Schinkenwürfelgebirge unter einem schützenden Helm aus drei Dutzend Spiegeleiern. Dazu eine saure Gurke und ein mariniertes Pfefferkorn. Und das Mauerwerk außen muß mit dunkelbraunem Klinker verblendet sein. Eine Langnesefahne möge farbliche Akzente setzen – fertig.

Das Gast- und Pensionshaus Bangemann in Bargfeld ist heute eigentlich nur eine Art Saal, welchen die noch immer riesigen Heidefamilien nutzen, um ihre seltsamen Jubiläen zu zelebrieren. In einem winzigen Raum daneben brodelt zwar die Schankanlage, die Scheiben filtern braunes Licht herein. Doch der Autochthone sucht die Lokalität selten mehr auf. Für die allabendlichen Verrichtungen ist sein Max auch mit dem Strammen Max nimmer stramm genug zu bekommen. Denn das, was als seine Gattin die darstellbare Form flieht, sieht er jetzt wieder regelmäßiger: beim Geburtstag, dem Feuerwehrball, der Silbernen Hochzeit. Eben im Saal des Gast- und Pensionshauses Bangemann nebenan.

Eine gewisse Besonderheit bezieht das Gast- und Pensionshaus Bangemann aus dem Umstand, daß es statt Wolters Wittinger Bier zapft. Die Gegend ist nämlich seit Anbeginn in Wolters-Würgehand. Und wer es nicht weiß: Dahinter verbirgt sich eine geschützte Brauwerkstatt in Braunschweig, die recht unkonventionelle Auffassungen zu den Trinkeigenschaften ihres Produktes generiert. Eine weitere Besonderheit ist das nicht ganz zufällig in Bargfeld aufgepflanzte Headquarter der Arno Schmidt Stiftung. Das ganze Jahr über reisen Mitglieder des bewaffneten Armes der Arno Schmidt Bewegung an, lassen sich die Katzen im Schmidt'schen Garten zeigen, probieren seine schwere Lederjacke (dunkelgrün) an. Rivalisierende Schmidt-Gangs radeln durch die endlosen Furunkelrübenfelder und Kartoffelvertragsanbaugebiete für Chio Chips, lassen das eine oder andere Schild »Kartoffeln hier – ohne Gülle« mitgehen und schlafen irgendwann mal auf den Rädern ein. Sie rufen inständig: »Also so sieht der Mond von hinten aus!« Sie trinken hernach draußen unter den gestutzten Linden vor dem Gast- und Pensionshaus Bangemann ansehnliche Quantitäten Wittinger, was der vor einigen Jahren dahingeschiedene Bangemann Senior oft gar nicht gern sah und öfters mit der Warnung flankierte: »Sauft da mal nich so viel von, werdet ihr bloß besoffen.« Trotzdem stellen sie sich ein Unreifezeugnis nach dem anderen aus und fallen gegen ziemlich pünktlich 2.30 Uhr komplett defiguriert in die weichen Pensionsbetten. Für den Zeilensatz selbst der *taz* können Sie dort gut für ein halbes Jahr logieren, den ohne ihre Sauen abends beschäftigungslos gewordenen Landwirten Ihre ausgelesenen *Max-*, *Amica-* oder *Allegra*-Hefte zum Altpapierpreis vertickern und mit dem Geld weitere zwei Jahre ausharren und darauf warten, daß der Himmel endgültig herunterfällt.

Wenn Sie ganz besonderes Glück haben, plumpst auch eine Eichel aus den Wipfeln.

Qualmige Butterhüte

Der Auerbachs-Keller-Ähnlichkeitswettbewerb zur Leipziger Buchmesse

Die Messestädter sind ja bekannt für ihren sprichwörtlichen Humor. So halten sie sich pro Einwohner mindestens ein kritisches, ein Helden- und ein Mundartkabarett. Eine lustige »Lachmesse« und eine coole Karikaturenbiennale ergänzen dieses erfreuliche Psychogramm sowie ein durchfallerprobtes Bierimitat: die Gose. Als wäre das nicht schon komisch genug, gönnen sie sich sogar ein monatliches Satiremagazin mit dem schönen Titel *Kreuzer*, das in vielen Belangen bereits meilenweit noch klüger als *Spex* operiert und sein hauptsächliches Verbreitungsgebiet mit dem hübschen Kosenamen »L. E.« adelt. Was die Abkürzung für Leipzig und eine hochwitzige Anspielung auf »L. A.« sein soll.

Einmal im Jahr ist Buchmesse dort in Leipzig. Das ist auch ein riesengroßer Spaß. Weil um diese Zeit im Frühjahr jede Menge fünftklassiges und unnützes Verlagspersonal sowie abgerissene Vertreter aus aller Herren Bundesländer ihre Strafstunden in den Messehallen nachsitzen. Wo sie nicht zuhören und ihnen keiner zuhört, weil jeder schon der Stunde entgegenschmachtet, wenn endlich am Abend in »Auerbachs Keller« geschlemmt werden kann – dem einzigen Gastrotempel mit integraler Hofbräuhausfunktion, den Westdeutsche in Leipzig kennen. Dort, so schmunzeln Bracheninsider, hätten die Kellnerinnen wundrosige Wangen und richtige Echthaarfrisuren.

Da haben sie aber die Rechnung ohne die anderen Wirte gemacht, denn tausendfach stellen sich den geplagten Standdienstleistenden Konkurrenzlokale in den Weg, die sich manchmal mit nur lieblos gemalten Schildern (Kuli auf Bockwurstpappe) ebenso als

»Auerbachs Keller« ausgeben. Wer also wenig Lust auf Piffpaff und Tatütata im »Szenebezirk« Connewitz verspürt oder was man dort so für »Kult« (Szeneheldenkabarett) hält, muß einige gastronomische und, sicher, auch kulinarische Hürden nehmen, bevor er seinen Abend verdientermaßen in den weltbekannten Gewölben von »Auerbachs Keller« beschließen darf.

Wenn Sie als Ortsunkundiger plötzlich mit Burschenschaftlern Schnittwunden austauschen müssen, dann ist das beispielsweise der »Paulaner«. Wenn Ihrer das definitive Leipziger Einerlei harrt – ein rätselhafter Gemüsebrei mit Flußkrebs und Spitzmorchel unter qualmigem Butterhut –, dann sind Sie in »Zill's Tunnel« gelandet. In »Auerbachs Keller« wäre so was genauso wie die »Paulaner«-Scheitelbuben völlig undenkbar.

Weilen Sie unverweilt am idealen Ort, an dem Sie sich von den besten Freunden die schlechtesten Gary-Moore-CDs schenken lassen können, dann ist das im schräg gegenüber aufgebauten »Markt Neun«. Das geht wirklich nur dort, denn im sachsenweit renommierten »Auerbachs Keller« werden einem diese CDs natürlich von den Zuhältern der Kellnerinnen erbarmungslos abgenommen und in eigens aufgerichteten Gary-Moore-CD-Recyclingkörben weggekarrt. Tonnenweise manchmal. Wenn Wolfgang Thierse zum Tischgebet lädt, ist das zwar ein Geheimtip, aber auch nur der »Ratskeller« im Neuen Rathaus. Denn in »Auerbachs Keller« herrscht striktes Betverbot, wie erzählt wird. Werden Sie unversehens vom Personal mit Käschern gekidnappt, mit Lassos an die Sitze gebunden und müssen Essigbier hinabschlucken, wird es sich einwandfrei um die »Brauerei an der Thomaskirche« handeln. Obwohl wir schon mehrfach braupolizeilich die Schließung verfügt haben, rappelt sich diese Bande immer wieder auf. Jedes Mal noch einen Tick frecher. So was würde in »Auerbachs Keller« nie passieren. Werden Sie mit Orangenschalen beschnipst, fürchten wir Sie in den Klauen des »Thüringer Hofes« verloren oder bei Bruder Fellatio in der Bahnhofsmission. Werden Sie hingegen überraschend zum Auftritt auf die Bühne gebeten, am besten Samstags in der Früh um 6 und ohne Publikum, dürfte es höchstens die studentisch verschlagene »Moritzbastei« sein.

Wer als Messegast nach derlei Prüfungen und typisch sächsischen Täuschungsmanövern noch genügend Geld und Humor hat, darf jetzt ungehindert den einzigen und wahren »Auerbachs Keller« und seine blumenkohlbrüstigen Kellnerinnen anpeilen. Aber um diese Zeit hat die stadtbekannte Rentnerabwurfstelle längst geschlossen.

Organisiertes Erbrechen

Eine Klarstellung

Wenn zwei Kohlenstoffatome, fünf Wasserstoffatome und eine OH-Gruppe zusammenfinden, kommt C_2H_5OH heraus. Das ist weder wässrig, noch spielt Kohle eine maßgebliche Rolle. Ein guter Stoff ist Alkohol allemal. Seine großartigste Transsubstantiation beruht auf einem ausgeklügelten Verdünnungssystem mit Wasser und einem aufrechten Solidarpakt mit den Partnern Hopfen, Malz und auch Hefe. Kaum vorstellbar, wieviel Unterschiedliches, Interessantes und zum Teil Unnachahmliches aus dem unscheinbaren Rohstoffquintett gezaubert werden kann.

Trotzdem ist der Public appeal des deutschen Brauherrenmodells gnadenlos rückläufig. Die »Faß=Zieh=Nation« (Arno Schmidt) Bundesrepublik, das Land mit der größten Brauereiendichte der

Welt und unangefochtener Weltmeister im Großeklappehaben, sucht zum Rest der Welt aufzuschließen. Erfolgreich – der Prokopfverbrauch sank und sinkt weiter. Waren es 1976 noch 151 Liter pro Kopf und Jahr, pegelte man sich 1999 bei impotenten 127,4 Litern ein. Noch gebeutelter sind die Bierproduzenten, denn der progressiven Überalterung unserer Bevölkerung ist allein mit marktwirtschaftlichen Mitteln kaum beizukommen, und so wendet sich die Bevölkerung ab vom Doppelbock hin zu Sprudelwasser und Doppelherz. Die Nebenmärkte für Bier als Ausgangsbasis zur Teigbereitung, zum Haarefestigen, als gepflegter Aperitif in noch gepflegteren Restaurants oder als Bierfalle für affektierte Nacktschnecken können das profitmäßig nicht kompensieren.

Der letzte Werbeclou, von dem sich deutsche Brauer auf ihrer turbulenten Ausstoßtalfahrt prospektiv noch etwas versprechen, ist das sogenannte Deutsche Reinheitsgebot aus dem Jahr 1516. Da fordert der Deutsche Brauerbund bedingungslose Vasallentreue. »Nach dem Reinheitsgebot«, »getreu dem Reinheitsgebot«, »treu dem Reinheitsgebot«, »streng nach dem Reinheitsgebot« – sämtliche Härtegrade sind heute denkbar. Es ging eindeutig aus älteren Brauordnungen hervor, die man sich bereits seit dem 13. Jahrhundert im Rahmen der Stadtprivilegien vergönnt hatte.

Neu ist 1516 lediglich, daß der Hopfen als integraler Bestandteil sanktioniert wird. Die hie und da gebräuchlichen Tollwurzsamplings gehören nun dem Teufel. Zweifellos ein Fortschritt, doch ausschließlich ökonomisch motiviert in Protektion des bayernherzoglichen Hopfenmonopols. Von Reinheit ist in jenen Tagen selten die Rede. Vielmehr geht es darum, den wertvollen Weizen und Roggen für das Brotbacken zu reservieren, die minderwertige Gerste für das Brauen. Weiterer Gegenstand: einheitliche Preisfixierung und die Definition der Brausaison vom 29. September bis zum 23. April. Die Hefe ist in ihrer Wirkungsweise noch nicht bekannt, statt Malz wird von Gerste gesprochen, und was die Hygiene des Wassers anbetrifft – sorry. Parallel wird das Weizenbierbrauen strikt unterbunden. Allein die Bayernherzöge behalten das Recht, mit Weizen zu brauen, und verdienen sich daran dumm und dämlich.

Müßten die hiesigen Brauer heute nach Originalreinheitsgebot brauen, sie hätten den Deutschen Brauerbund längst ethisch und ethnisch gesäubert. Festpreise? Bestimmte Brauzeiten? Und ohne Malz und Hefe brauen ist auch so eine Sache. »Bier ist künftig ein alkoholhaltiges Getränk, das durch Vergären einer durch Kochen gewonnenen Würze aus Malz, Wasser und Hopfen hergestellt wird. Der Zusatz bestimmter Anteile von Rohfrucht, Zucker, Farbstoffen und Kohlensäure verändert nicht den Steuergegenstand.« Heißt es heute. Aha.

Zwei entscheidende Vorteile gibt es: Die deutschen Brauer protektionieren ihren Binnenmarkt vor unliebsamen Importen. »Bier braucht Heimat«, rülpsen die Sudbarone ja. Und die Verbraucher müssen noch keine Panschereien wie bei Wein und Spirituosen fürchten. Noch.

Aber wovor wird geschützt? Vor den herrlichen belgischen Getränken in ihrer geradezu divinatorischen Vielfalt? Vor mexikanischen Partygetränken? Vor Vertretern böhmischer Ursprünglichkeit? Lächerlich. Daß nach dem Urteil des Europäischen Gerichtshofes vom 12. März 1987 auch nicht nach dem Einheitsgebot gebraute Biere auf dem Markt zugelassen sind, ist kaum ein Grund zur Beunruhigung. Auch vierzehn Jahre später kommt der Import selten spürbar über zwei bis drei Prozent hinaus.

Und was wird da geschützt? Eine kurze Testbilanz der bundesdeutschen Umsatzriesen, 159 Jahre nach dem Pilsner Urknall, ist erschütternd und fordert den Gebrauch von Schimpfworten geradezu heraus. Warsteiner, Krombacher, Henninger, Beck's, Binding, Veltins, Holsten, Diebels, Feldschlößchen, Jever, Paulaner, Licher, Tucher, König, Schultheiss – die Geschmacksvermeidung der Designerbiere hat viele Namen. Alle folgen sie dem Trend zum einblasigen Schaum und wasserstoffblonder Malzfarbe. Die Hopfenzählwerke laufen immer rasanter rückwärts, und die Werbetexte auf ihren Bekennerschreiben können Sie sich in einer ruhigen Minute von einem Rudel sozialdemokratischer Kabarettisten übersetzen lassen, bis Ihnen die Bierlachen im Hals steckenbleiben. Die Premiumphilosophen haben die Bierwelt nur verschieden interpretiert. Es kommt aber darauf an, sie zu schonen.

Selbstverständlich machen sich Deutschlands Brauer um ihren Absatz Gedanken. Da werden alle naselang fiebrige Trends auf den Weg geschickt, um an die potentielle Trinker-A-Jugend zu kommen. Doch der reguläre Markt, abgesehen von fast toxischen Mixeries (Cola-Weizen!) und der Radlerseuche, ist rappelvoll von versteckten Attentaten auf den arglosen Verbraucher. Da ist für jede Geschmacklosigkeit was dabei. Es gibt die Gasthausbrauereien, entweder private Neugründungen (Vogel in Karlsruhe) oder Zwergausleger großer Brauereien (Hövel/Thier), die sich vor passivtrinkenden Boy- und Girlgroups spreizen. Doch diese Produkte schmecken nur auf alternative Art uniform.

Lager war früher eine allgemeine Bezeichnung für untergäriges, lagerfähiges, also haltbares Bier. Heute ist es in Tschechien Gattungsbegriff für die den Markt dominierenden Pilsnerbiere, im anglophonen Lager die generelle Deskription untergäriger Biere. Bei uns ist es eine innerhalb weniger Monate aus den Pfannen gestampfte Retortensorte. Longneck- und Bügelverschlußflaschen, Pomp und Glitzer auf den Etiketten sowie die zum Geschmacksprinzip erhobene Schlichtheit, ein Junkbeer mit harnigem Gout. Damit will man, wir wundern uns da nicht mehr, Macht über die ominösen »jüngeren Bierfans« gewinnen. Binding, Fürstenberg, Mönchshof, Schultheiss, Scherdel ... die werden schon sehen, was sie davon haben.

Lightbier hieß früher Schankbier. Beim ersten Schluck dürfen Sie getrost »Scheiße« assoziieren. Schließen Sie die Augen, und denken Sie an den Hauch, der einen Haufen fauligen Packpapiers verläßt. Die barbarisierten Brauhäuser helfen diesem Debakel mit putzigen Bezeichnungen auf die Sprünge: Fairlight (Krombacher), Classic (Dortmunder Kronen) oder Premium Light (Lederer, Patrizier). Zielgruppe Postmodernisten. Doch die trinken tatbestanderschwerend zusätzlich Alkoholfreies, Dry Beer, Ice Beer, gelegentlich ein Weizenbier oder ein Warsteiner Ultra, all den Dreck.

Auch über Ice oder Dry Beer redet in zwei Jahren keine Sau mehr.

Zu den übelsten Arbeitsbeschaffungsmaßnahmen der zeitgenössischen Lebensmittelproduktion gehören die Handelsmarken. In ihrer Kapazität nicht ausgelastete Großbrauereien wirken anonym für Handelsketten (ALDI, Spar, Tip). Ist der Ruf erst ruiniert, braut es sich ganz ungeniert. Braumeister, Schulten, Ratskrone, Karlskrone, Sigel, Dominikaner, Felsgold, Hofpils, Guldenburg, Karlsquell, Ottweiler – die Deliktpalette des organisierten Erbrechens wird immer unendlicher.

Einem angenehm kleinen Gegentrend blies das Schwarzbier die Segel auf. Das ist der schlankere Bruder des Dunkel. Der schäumende Siegeszug des Köstritzer Schwarzbieres setzte erst 1991 mit der Übernahme durch Bitburger ein. Damit gelang dem vormaligen Haus der tragischen Biere, was Mönchshof mit seinem als »Schwarzes Pilsner« beworbenen Kloster Schwarzen und die Schloßbrauerei Kaltenberg mit dem König Ludwig Dunkel vorher nicht geschafft hatten: eine Lawine von vierzigfünfzig »Ich auch, ich auch«-Marken loszutreten. Zum Dank dürfen sie sich schwarz ärgern. Doch insgeheim beschleichen den parteiischen Beobachter unschöne Gedanken, wenn er sehen muß, daß sich das Etikettendesign der dunklen Schönen ausschließlich in den verdächtigen Farbbereichen Schwarz, Rot & Gold abspielt. Braut sich jetzt auf dem Schwarz(bier)markt zusammen, was zusammengehört? Ein Bier als Symbol für das neue Deutschland? Grauenhafte Vorstellung.

Wider das Grillen

Eine notwendige ethnologische Studie

Alles hat ein Ende, nur die Wurst hat zwei – und das Grillfest manchmal gar keines.

Was den Sommer neben seiner Hitze, den zyklischen Urlaubsmassakern und überdurchschnittlichem Lärm so unerträglich macht, ist das Grillen im Draußen. Schon der nichtigste Anlaß läßt alle Sorten Nachbarn zu Grillmonstern werden, der Benzpyrensmog schweißt die Brutzelfurien zu einer fatalistischen Solidargemeinschaft zusammen, die im Gedenken ans Jagen und Sammeln, im Ritualisieren denkbar schlichtester Verhaltenscodes archaische Zerstreuung sucht. Typologisch unterscheiden wir das private Grillen an öffentlichen Plätzen (Tiergarten), in den Schrebergärtchen (mit dazu passender Stimmungs-/Blasmusik), auf Balkonien (mit Marius Müller-Westernhagen) und das ambulant-gewerbliche an den Brat- und Currywurstständen (was Gegenstand einer späteren Studie sein wird).

Daß das private Grillen ausschließlich Männersache ist, findet überzeugenden Ausdruck in der Kleiderordnung, einer Art Räuberzivil aus Versandhausramsch (Schürzen mit der Aufschrift »Vati hilft gern!« über T-Shirts mit »Bier formte diesen schönen Leib«/»Ich bin stolz, ein Deutscher zu sein«), ergänzt um weiße Söckchen, Bommelmokassins und andere Uniformteile der UÇK. Doch die Textilien können die Textur der anatomischen Willkürakte nur notdürftig verhängen. Und das ist auch voll beabsichtigt. Man zeigt eben gern, was man hat. Kompromißlos formenbetont, der gestalterische Schwerpunkt weit nach unten verlagert. Seriöse Trikotagenhersteller können in den Rost-Breiten nur als Untergrundorganisationen operieren und ihre wenigen Kunden allenfalls verdeckt ermitteln. Das gilt besonders für Franken und Thüringen, die sich seit Jahrhunderten um die berüchtigten Bratwurstpatente kloppen.

Der ideelle Gesamt-Grill, der wie ein kleiner Altar andächtig lärmend umstanden wird, muß mit Holzkohle betrieben, der Rost vorher sorgfältig eingefettet werden. Da macht sich der Speckhobel schnell bezahlt, mit dem man etwas Schwarte von der sinnlos irgendwo herumkugelnden Gattin abschält. Flasche Spiritus drüber und angefackelt – nein, nicht die Gattin, sondern die Holzkohle. Ein Fön oder ein Kleinstaubsauger (verkehrtrum) sorgen für ausreichende Belüftung. Außenkaminfreuden für den kleinen Mann.

Dann kommt das Grillgut zum Kampfeinsatz: Entweder angegorene Fertigfleischfetzen vom Tier oder sorgfältig in Därme gesperrte Mikroorganismen, die auf den gefürchteten Euphemismus »Bratwurst« hören, erstarren auf dem Rost alsbald zu Salzsäulen. Weniger beliebt sind das Fleisch der Sojabohne, Molkereierzeugnisse oder die Rauke. Die erfolgreich mineralisierten Speisen werden bald hastig hinabgeschlungen, die Darmfauna reichlich mit Destillaten (Trink- oder Brennspiritus) desinfiziert.

Der Leichtsinn kennt schon keine Grenzen mehr, Meister Alkohol spricht seine deutliche Sprache: Nebenwidersprüche und

Bagatellrivalitäten beim Paarungsverhalten müssen jetzt thematisiert und der eine oder andere Unterkiefer fachgerecht ausgehängt werden. Ältere Mitbürger nehmen örtliche Eingriffe an sich vor, Kathederwechseln oder so was. Dann sinkt hoffentlich/endlich alles in einen komatösen Schlaf und träumt vom nächsten Grillfest.

Man gönnt es ihnen ja; wenigstens geben sie jetzt für eine halbe Nacht Ruhe. Aber vorher bitte die Glut noch auspinkeln.

Planet Käseecke

Championsleague der Champignon-Schmelzkäsezubereitungen 2000

Ende 2000 fand sich die Arbeitsgruppe »Schmelzkäsezubereitung« wieder zur Warenprüfung zusammen. Der Test unserer einköpfigen Jury stand im Zeichen des Champignons. Auch diesmal flirrten nicht allein Fragen simpler Sensorik im Raum: Wird der zunehmenden Globalisierung Rechnung getragen? Für welche Styles stehen Käseecken? Anders: Ist Schmelzkäsezubereitung heute noch/wieder Camp? Von fünf Marken schafften alle den Einzug in die Endrunde, aber keine schaffte die volle Punktzahl von fünf möglichen Punkten.

Edelcreme mit Champignons

Hersteller: Bel Adler Allgäu Wangen

Verpackung: Zwei Käseecken mit erotischer Aufreißlasche im praktischen Viertelkarton, Pilzdarstellung flasht voll: Phallus-Symbol!

Zutaten: Käse, Wasser, Butter, Schmelzsalze: E450C, E339, E331, Milcheiweiß, Molkenpulver, getrocknete Champignons, Salz. Fettgehalt 60% i. Tr.

Sensorik: Echt endpilzig, derzeit angesagtester Schmelzsalz-Overkill.
Nebenwirkungen: Gibt ordentlich Tinte auf den Füller, bestens geeignet für tabulose Cheese-Spiele.
Globalisierungsbonuspunkte: * * * *

Schmelzkäsezubereitung Champignon
Hersteller: Gebr. Raadts GmbH & Co. Rees
Verpackung: Nur im Sixpack mit »Kräuter« und »Paprika« zu haben. Spacige Farbsignale. Kräuter: grün, Paprika: rot, Champignon: hellgelb. Sonderpreis der Jury für schönes Pilzfoto (zwei unversehrte Expl. + drei Scheiben auf Blattpetersilie). Schwer zu entnehmen – nix für hungrige Partymäuler.
Zutaten: Käse, Wasser, Butter, Molkenerzeugnisse, Schmelzsalz E452, Milcheiweiß, Champignon. Fettgehalt 30% i. Tr.
Sensorik: Binäre Molkenpulver-Milcheiweiß-Codierung. E452 rules!
Nebenwirkungen: Verschafft ernährungsbewußten Managern bei beinharten Konferenzen den ultimativen Schmelzkäsekick für zwischendurch. Für alle, die mitreden wollen.
Globalisierungsbonuspunkte: * * *

Nordgut mit Champignons
Hersteller: Käsewerk Hoffmann GmbH & Co. KG Blievensdorf
Verpackung: In der formenbetonten Frischebox, leicht entnehmbar, übersichtliche Anordnung der Kaufsignale: Freestyle-Champis auf coolem Weinrot/Grün/Gelb-Fond.
Zutaten: Käse, Butter, Wasser, Molkenerzeugnisse, Champignon, Stärke, Schmelzsalz E450C. Fettgehalt 50% i. Tr.
Sensorik: Geringfügiger Aromaverlust, wenig Pilzflavour. Etwas salzig, kickt sonst einwandfrei ass, besonders bei lecker Outdoor-Cheesing (neuer Lusttrend aus den Staaten).

Nebenwirkungen: »Auch zum Verfeinern von Soßen«? Aufgeschlossene Singles, aufgepaßt!
Globalisierungsbonuspunkte: * *

Champignon Schmelzkäsezubereitung
Hersteller: Milkana GmbH Neu-Ulm
Verpackung: »In der praktischen Frischeschale«, uncooler Wachstuch-Look, keine Assoziationen zum Pilz erkennbar, dafür schwer entfernbare »lustige Sammelaufkleber unter jeder Packung«: »Kids singt eure Hits!«
Zutaten: Käse, Butter, Wasser, Süßmolkepulver, Champignons, Schmelzsalze: E339, E451, Milcheiweiß, Jodsalz, natürliches Aroma. Fettgehalt 50% i. Tr.
Sensorik: Leichte Konsistenzmängel (breiig).
Nebenwirkungen: Erhöhte Ausschüttung von Glückshormonen, weil Verbraucherservice unter Hamburger Nummer erreichbar (040/34931000). Das ist Globalisierung pur!
Globalisierungsbonuspunkte: * 1/2 (Punktabzug wegen total trashiger Verpackung)

Schmelzkäsezubereitung Champignon streichfähig
Hersteller: Schmelzkäse Sangerhausen GmbH
Verpackung: Schwer entnehmbar aus dem total unpraktischen Aluquader, dafür leicht verformbar, mundgemalte Pilzpiktogramme auf rotem Grund.
Zutaten: Käse, Butter, Wasser, Milcheiweiß, Champignon, Schmelzsalze E450C, E339. Fettgehalt 60% i. Tr.
Sensorik: In Drive und Geschmack fehlerhaft (Dosenpilze?). Unhipper Hausfrauengeruch.

Nebenwirkungen: Schnittwunden beim Öffnen vorprogrammiert; stärkt höchstens die Wegwerfmuskulatur.
Globalisierungsbonuspunkte: –

Schnitzeljagd in Franken

Seit dreißig Jahren treffen wir uns einmal jährlich in Aufseß, einem Ort der Zurückgezogenheit, der Kontemplation, inneren Sammlung und Einkehr mitten in der Fränkischen Schweiz. Idealtypisch für die heiße Endredaktionsphase eines Schnitzelführers *(Schnitzel. Der Guide für Kenner und Genießer)*, den wir für den Heyne Verlag München geschrieben hatten.

Eifrig versuchten wir die Testergebnisse abzugleichen. Der bekannte Schnitzelethnologe Roth und ich fuhren über Land und aßen alle Schnitzel, die hineinpassen wollten. Verbrannte, gebackene, fritierte, gekochte, halbgare, gefüllte. Schälbraten, Schulter, Kamm- und Formfleisch, sogar Puten- und Hühnchenschnitzel. Und eine Einladung nach Herrn Henscheids neuem Garten in der Oberpfalz schlugen wir nur deshalb nicht aus, weil wir mit »lecker Schnitzel« gelockt wurden.

Die Zeit raste dahin, der Abschlußabend dräute, und wie jedes Mal fürchteten wir uns schon vor den schlimmen Verbrüderungsszenen. Den Tag über aber taten wir zunächst so, als wäre nix. Schnitzelarchäologe Roth, ein Pegelesser reinsten Wassers, hatte bereits am frühen Morgen zwei Fässer Schroll-Bräu ausgetrunken und verlangte ungeduldig nach drastischer Hebung seines Cholesterinpegels. Gegen Mittag nahm der Faßbierverbrauch bedrohliche Ausmaße an – denn die Schnitzel müssen schwimmen. Roth wurde nachdenklich: »Ich vertrag' auch nichts mehr. Kasten Bier, Flasche Schnaps – schon fall' ich um.«

Und richtig: Das Wohlbefinden meines Begleiters war wie weggeblasen. Punkt 18 Uhr verkündete die letzte Bastion seines Überlebenswillens matt, sie kapituliere nun, vulgo Herr Roth wollte sterben. Auf der Stelle. Ich protestierte einigermaßen energisch und verurteilte sein Ansinnen in mittelscharfer Form. Auf haargenau der gleichen Stelle beschloß ich, ihm einige Hektoliter siedenden Bohnenkaffees einzuflößen, damit ich ihn nicht etwa noch zum Automobil tragen müßte. Dumm war allein, daß der sympathische Schnitzeltopograph gleichzeitig die Phase seiner Fahrtauglichkeit als abgeschlossen betrachtete, denn eigentlich hätte noch das Schweineschnitzelschlachthaus der Meisterbräu Unterzaunsbach abgehakt werden müssen. Daraus wurde nichts.

Egal. Er einigte sich mit einem imaginären Zuhörer auf den Kompromiß: »Rudolf, du fährst.« Toll. Niemals in meinem von Ungeheuerlichkeiten so prall überschatteten Dasein habe ich einem Pkw steuernd zugesetzt. Aber da Herr Roth auf absehbare Zeit tot war, gab ich nach, instinktiv suchte ich die Pedale und schaltete die Handbremse auf.

Der Rest ergab sich auf wundersame Weise von selbst. So rollten wir fein bergab und im Schrittempo gen Unterkunft, geleitet von einer beruhigenden Flammenschrift am Firmament. Wir waren eben mit einem Affenzahn auf der Zielgeraden – und wir können von Glück reden, daß es eine Gerade war – zum Parkplatz hinabgejagt, als meine Wiederbelebungsversuche endlich Wirkung zeigten. Schnitzelendoskopologe Roth öffnete sogar die Augen, verlangte unverzüglich auf dem Fahrersitz Platz zu nehmen und begann zielstrebig nach heftiger Kassettenmusik zu suchen. Die hatte uns gerade noch gefehlt. Später wurde manches Faß Landbier ausgetrunken, und irgendwann sind wir irgendwo beseelt und irgendwie auch erleichtert, mit einem dicken Batzen kalten Schnitzels im Mund, eingeschlummert.

Riesengroßer Quatsch

Der legendäre Lehrmeister Zhongli Quan behauptet in der dritten Übung seines *Xiuzhen shihu* (um 1400): »Den Speichel mit der Zunge nach links und rechts und oben gegen den Gaumen rühren, sechsunddreißigmal. Sechsunddreißigmal gurgeln. Ihn wie etwas Hartes in drei Bissen teilen und schlucken. Danach kann man durch Feuer laufen.« Riesengroßer Quatsch, behaupte ich.

Die Buttersemmel

Sie wissen, daß Ihr Bett spätestens nach zwei Tagen ununterbrochenen Liegens klebt, ekelhaft klebt oder wenigstens ekelhaft zu kleben beginnt. Sie wissen endlich, was die anderen unter Krankheit verstehen: Schädelkratzen von innen, Schweißeinbrüche in sämtliche Lebens- respektive Körperbereiche, Salman-Rushdie-Blick, Filzfrisur, Schütteldauerfrost. Sie wissen, was Ihr Arzt dazu meint. Sie wissen, daß Schmerztabletten einen Scheiß helfen und daß Kräutertees auch keine Bastion gegen die Übel der modernen Zivilisation sind. Und Sie wissen, daß Äpfel, Karotten, Mangos, Orangen, was weiß ich, also all die beliebten Vitaminträger, nicht die Bohne satt machen. Langsam keimt in Ihnen der verzweifelte Wunsch nach einer einfachen Buttersemmel auf. Eine einfache Semmel. Und wenn Sie nun nicht gerade Berliner sind, wissen Sie erstens haargenau, was das ist, und zweitens, wo Sie sich die beschaffen können. Mit oder ohne Körner obendrauf – egal. Nur frisch sollte sie sein, den betörenden Duft des Gebackenen verströmen. Und da Sie die letzten sieben Nächte eh nicht geschlafen haben, fällt Ihnen das Frühaufstehen mehr als leicht. Bei der Wahl der Butter kann auch kaum was falsch gemacht werden, und weil Sie sonst keine essen, kann's ruhich eine kostspieligere Marke sein, zum Beispiel irische. Sie schneiden also die frische Semmel quer durch, dann drauf mit der Butter, aber nicht dicker als drei Millimeter! Frisch servieren, vulgo sofort (und wenn ich schreibe *sofort*, dann meine ich *sofort*!) beherzt abbeißen, kauen, Quatsch! – verschlingen, mampfen, mampfen … Vier- bis fünfmal wiederholen, und, was soll ich sagen, die letzten Kränklichkeitssymptome sind wie weggeblasen. Den Vitaminscheiß ab in den Servuseimer und einen Stoßseufzer gen Himmel feuern: Weltrevolution, here we go!

Und heute abend wird richtig einer über den Rettich gezogen.

Gemischtes

Postpossenglosse

Die Witze über das Unternehmen mit dem schalenbewehrten Weichtier im Wappen sind schon Legion, der Äther tief erfüllt von Klage männiglich. Ruppige Postillone kippen die Briefe vor dem Haus ab oder verhelfen der Bezeichnung Postwurfsendung zu ihrem Recht. Herrische Wertzeichengeber versagen das Wertzeichengeben und was der Beschwerden mehr ist, nicht erst seitdem die Post nur noch »Deutschland« auf die kleinen zackigen Zettelchen drukken will.

Da ist der Brief, der mit Sicherheit einige Pisten zusätzlich um den Erdball gezogen hat. Da ist die in stille Betrachtung versunkene Schalterbeamtin mit der sprichwörtlichen langen Leitung, die ihre Bestimmung darin sieht, mir mindestens einmal wöchentlich die Aushändigung von 10- und 50-Pfennig-Wertzeichen zu verweigern, obwohl ich sauber abgezählte gültige Währung und ein gewinnendes Lächeln bereithalte. Ein ganzes Jahr habe ich vertan, den an normalen Einsichten zuwiderlaufenden Kriterien orientierten Schichtwechsel besagter garstiger Postperson mit List und Logik zu erspitzeln, um dann von ihrer ahnungslosen Vertretung ganze Berge von 10- und 50-Pfennig-Wertzeichen erwerben zu können, die man so bitter benötigt für die ausreichende Frankierung von Büchersendungen. Aus Rache behält sich jetzt dieses glasklar der Diebeszunft zuzurechnende Unternehmen das Recht vor, meine Büchersendungen nach Lust und Laune zu spedieren. Wenn überhaupt.

Ich sehe sie schon mit frühstücksbrotverklebten Fingern süffisant meine Posten aussortieren – »Ah, der saubere Herr Rudolf, wo diese miese Postglosse geschrieben hat!« – und irgendwo als Hygieneartikel oder als Unterlage für kippelnde Kaffeemaschinen verwenden. Wenn nicht gerade, wie sonst, blinde oder mit dem Analphabetismus offen sympathisierende Kollegen für die Sortierung verantwortlich zeichnen.

Ich verlange gar nicht, daß die Sendung früher beim Empfänger ankommt, als ich sie aufgegeben habe. Nicht mal an der schonungslosen Offenlegung des Postgeheimnisses ist mir gelegen. Denn ausgleichende Gerechtigkeit für die bisher erlittene Schmach kann es eh nur im nächsten Leben geben. Doch bis dahin wünsche ich denen bei der Post die Pest, ach Quatsch, die Privatisierung an den ungewaschenen Hals.

Der Neue Sachsenspiegel

oder Wie ein tüchtiger Landfriede in Berlin zu halten sei (damit da Ruhe ist)

§ 1

In jedem Stadtbezirk über 25 ansässige Mitbewohner soll ein SPD-Mann zum Schultheiss bestellt sein und auch solches Bier trinken, damit alles so zum besten werde. Er erstattet die Anzeigen an die Obrigkeit, bewahrt das Gemeindesiegel und die Kasse und vollzieht die diesfälligen Schriften. Dem SPD-Mann soll item beigegeben werden junges, turbogeiles Weibsvolk, auf daß er schwunghaften Handel damit treibe und so sein kärglich Buschgeld aufbessere. Auch soll der Pfaff genugsam davon haben, damit er den Leuts schöne Geschichten erzählen kann. Das Holzdeputat für den SPD-Mann und den Pfaffen sei also bemessen von Michaelis zu Michaelis. Das Anwesen des SPD-Mannes aber sei ein in sich selbständiger Essenkehrerbezirk.

§ 2

Der SPD-Mann bestellt Tag- und Nachtwächter. Diese haben auf Ortsbettler und Ausländische strenge Aufsicht zu führen oder sie über die Grenze zu weisen.

§ 3

Auch soll dem SPD-Mann hier gestattet sein, die Titel »Magier«, »Großinvestor« und »Enormer und überhaupt ganz schön wichtiger Mann« ohne sonderliche Approbation im Siegel zu führen.

§ 4

Nimmt ein SPD-Mann einem Berliner Bürger Gärten, Weinberge, bestellte Äcker, Wiesmahden, Frauen, Werften oder Garagen weg, so soll er in die Armenkasse eine tüchtige Deutschmark geben. Der Berliner Bürger aber soll eine rechte Urgicht schwören und sich ins Knie ficken.

§ 5

Wenn ein SPD-Mann einem Bürger das köstliche Schultheiss-Bier zutrinkt und dieser tut ihm nicht Bescheid, so bekommt der Bürger keine Fördermittel mehr oder zwei Minuten Isolationsfolter im Girlscamp mit Jeannette Biedermann, Alexa Hennig von Lange, Kristina Gräfin Pilati-Borggreve und Judith Hermann.

§ 6

Der SPD-Mann soll die Einhaltung der Ästhetik des Scheinwiderstandes auf dem Prenzlauer Berg, wie das Tragen von Brechtfrisuren und -nickelbrillen und -lederjacken kontrollieren. Zuwiderhandlungen werden mit dem Anhören von vier Rammstein-CDs geahndet. Wahlweise Heinz Rudolf Kunze oder einen Satz warme Ohren.

§ 7

Der erwachsene Berliner im postreduktiven Stadium soll umgeschult werden für den Landsturm, daß er wache auf die Gesundheit des SPD-Mannes und seiner Kebsweiber. Auch soll er im Tiergarten abgeworfene Hirschstangen für ihn sammeln.

§ 8

Die Polizei führe Sorge auf die Gesundheit und moralische Ausbildung der Berlinbürger sowie auf die Aufrechterhaltung der Sittlichkeit und Religiosität, soweit sie nicht Geisteskrankheiten, insonderheit Putz- und Reimzwang, befördern oder sich über die Staatsgewalt erheben in speciae Infallibilität des Bürgermeisters. Auch sollen die Eltern ihre Kinder in nullkommanichts zum Katechismusexamen führen.

§ 9

Hausierhandel mit Eisenschnaps, Fliegenpapier, Polenkindern, Schießpulver, T-Aktien und Handys sei niemandem gestattet bei Strafe gelegentlichen Kopfabschneidens. Das »Wattdennwattdennwattdenn!«- und »Ick wer schwul!«-Rufen ist wie Hausieren anzusehen und vom SPD-Mann zu unterbinden.

§ 10

Zu friedlichen Versammlungen außerhalb der Kirche gibt es keinen Grund. Bei tumultuarischer Absicht heißt der SPD-Mann die Berliner mit lauter Stimme gehorsamlich auseinandergehen. Im Fall von Widersetzlichkeit ist die Räumung mit selbstzündenden Büchsen zu bewerkstelligen. Der Pfaff aber soll ihnen schöne Geschichten erzählen und Jesubildchen verschenken.

§ 11

Reimkrieger und Slampoeten sind wie Vagabunden zu behandeln, welche ohne Kunstfertigkeit das Reimen nur als Vorwand zum Battlen gebrauchen. Hooo! Und zwar ohne Respekt vor dem bisher gelebten Element.

§ 12

Es soll einem Berliner nicht gestattet sein, eine Zahnärzte-WG, Organhandelsbörse, Videoleihe oder ein Trauerstudio zu führen, wenn Tatsachen vorliegen, welche die Annahme rechtfertigen, daß er sie zum heimlichen Reimen und Popliteraturmachen und anderer Unsittlichkeit mißbrauchen werde. Solche Exzesse sollen nicht statthaben und soll die Polizei auf Weisung des SPD-Mannes zur Arretur schreiten.

§ 13

Im Zuge der Loveparade eingemauerte, vergrabene oder sonst verborgene Sachen, deren Eigentümer nicht ermittelt werden können, sollen fallen an den SPD-Mann und an den Pfaffen zu gleichen Teilen.

§ 14

Oberstes Streben eines jeden Berliners sei das Straßebauen. So soll die Straße in der Regel außerhalb der Ortschaft mindestens 15 Meter, innerhalb derselben aber mindestens 17 Meter ausschließlich der Seitengräben breit sein, ein Fußweg aber die Breite von 1 Meter haben. Der Auf-den-Geist-geh-Lehrpfad »Regine Hildebrandt« hingegen sieben Meilen.

§ 15

Schnelles Flitzen mit Speedrollern in allen Stadtteilen, insonderheit auf Spree- und Haveldämmen, auch während der Predigt in der Nähe der Kirche, ebenso mit Schlitten ohne feste Deichsel oder ohne Geläute soll nur dem SPD-Mann gestattet sein, nicht jedoch dem Berliner bei Strafe des einstweiligen Erschießens.

§ 16

An jedem Haus am Potsdamer Platz soll bei finsterer Nacht und bei Nebel eine Laterne befindlich sein, auf daß der SPD-Mann sein Automobil nicht kratze an Mauerwerk oder an mondblinden Kälbern.

§ 17

Ehe Almosen zu gewähren sind, ist über die Verhältnisse der Armen genaue Erörterung anzustellen und die Gewährung von Naturalien den baren Geldspenden vorzuziehen, auch soll der Pfaff ihnen Jesubildchen verschenken. CDU als auch PDS soll das Schreiben von Bettelbriefen und die Ausstellung von Armutszeugnissen erlaubt sein.

§ 18

Es soll jedermann, auch Apothekern, nicht gestattet sein, zur Vertilgung der Kanalratten Getreidekörner mit Arsenik aufzubretzeln. Die Anwendung überhaupt soll sein nur gestattet in einer Mischung mit geglühtem Ruß oder gelbem Opperment.

§ 19

Auch soll PDS- und CDU-Leuten verwehrt sein das Catering von Kapaunen, Krammetsvögeln, Sushi und Portugaleserwein als wie der SPD-Mann genießt, wohl selbander aber zufrieden sein mit einer gepökelt Schweinsborsten, einer Brotrinden oder einer Currywurst von Konoppke (Schönhauser Allee). Den übrigen Berlinern sonst soll Schrippenteig aus feuchtem Roggenmehl gemacht sein, auch nach Befinden jedem ein Pfund Pottasche oder kohlensaures Ecstasy beizugeben. Ende der Diskussion.

§ 20

Abergläubische Handlungen, wie Ratserholen bei Börsenfittis, Internetsurfen und Gratisfellatio bei Rainald Goetz, in die CDU übertreten und Urinsegen sprechen, sollen den Berlinern nicht gestattet sein und werden also zur Erlangung eines rechtswidrigen Vorteils als Betrug bestraft und zum Selbstmord durch Luftanhalten überredet.

§ 21

Scheintote nach Nervenkrankheiten, Starr- und Gefallsucht, Arbeitslosigkeit und Bohley-Biß oder Schlagfluß sollen durch Kneifen, Stechen und Brennen belebt werden, oder aber es soll ihnen der Hintermund und die Nase mit einem Federbart gekitzelt und vorsichtig auf diese Weise zum Niesen oder Brechen gereizt werden. Vom Blitz Getroffene, Betäubte und *taz*-Redakteure sind in eine andere Luft zu bringen.

§ 22

Auch sollen Waisen und Zigarettenhändler, Vorruheständler, junge Fabrikarbeiter und der Asylant nicht sich Kenntnis verschaffen über Schreiben, Lesen, Schwimmen und Berliner Mägde schwängern als wie der SPD-Mann tut. Darauf das Stockhaus nicht unter 10 Tagen und Ende der Vorstellung.

§ 23

Das Gesamtschuldverhältnis mehrerer Beischläfer einer ledigen Ostmutter soll aufgehoben sein. Ledige Ostmütter sollen hernachmals nicht auf das Aliment klagen, so der Schwängerer ein SPD-Mann ist, und ihre Schwangerschaft soll von neun auf achtzehn Monate erhöht werden. Die Polizei aber und der Landsturm haben zur Kenntnis gekommene Schwangerschaften lediger Personen alsobald an Ort und Stelle zu überprüfen und dem SPD-Mann zu vermelden.

§ 24

Zwischen Die Grünen und Bündel 90 sei auf Walpurgis ein Gottesurteil abgehalten mit Gehen auf glühend Mettwurstkohlen, Sitzen in der Globalisierungsfalle und Wetthüpfen in der Hüpfeburg vor ALDI Herrmannplatz, bis das Hirn aus dem Maul herfürsprützt.

§ 25

Eine Anwendung des Metermaßes auf die Normalschraubengewinde an den Feuerspritzen ist nicht geboten. Eine Änderung der alten Schrauben ist nicht nötig, da die neuen mit den alten zusammenpassen.

Gegeben zur Charlottenburg
Gez. *Michael Rudolf*
Ordentlich und wohlbestallter Justizdampfrat

Messners größtes Abenteuer

Einem Zeitungsinterview entnehmen wir, der Reinhold Messner sei »noch nie in einem KZ gewesen. Das wäre noch eine Wunscherfahrung«.

Boah ey, tut uns echt leid für den Talkshowbergsteiger. Zwar gibt es längst Camps genau dieser Art in den USA, wo Leuten wie dem Reinhold Messner – gegen gutes Geld, versteht sich – genau die Behandlung zukommt, die sie sich so sehr wünschen: Wo sie endlich »erfahren können, wie lange« sie »durchhalten und wie selbstsüchtig oder brutal« sie sich »den Mithäftlingen gegenüber verhalten« würden. Aber besser noch als das wäre selbstverständlich die Gnade der frühen Geburt für den Reinhold Messner gewesen: Da wäre ihm ganz problemlos »der Tod« sein »größtes Abenteuer« geworden. Heidiwitzka! Und wir hätten solche Interviews nicht lesen brauchen.

Herrentach
Ein Bericht

Vorgestern hatte unsere Geschützte Schreibwerkstatt geschlossen. Closed down, wie es treffend heißt. Aber das trifft es nicht genau. Wir haben sie weiträumig abgesperrt, Minenfelder angelegt, Selbstschußanlagen und die Bord-MGs unserer Dienstfahrräder an strategisch günstigen Stellen plaziert und sogar unsere Putzkolonne wiederbewaffnet: alles zur Abschreckung, denn Christi Himmelfahrt schrie aus allen Rohren nach Vollzug.

Christi Himmelfahrt, die oft noch auf den Namen »Herrentach« hört, war und ist ein wahrhaftiger Feiertag und willkommener

Anlaß, Urlaub von der objektiven Realität zu nehmen. Praktisch liegt an diesem Tag die ganze Volkswirtschaft lahm. Die Gastwirtschaft hingegen kommt vor Lachen nicht in den Schlaf beziehungsweise vor lauter Geldzählen.

Eintrittsticket in diesen kaum beschreiblichen Ausnahmezustand war und ist eine kauzige Mütze, ein Spazierstock mit Klingel und das Bedürfnis, jedem, aber auch wirklich jedem kräftig auf den Sack gehen zu wollen. Dazu irren die Irren in den Biergärten umher, zu Fuß und auf Kremsern. An diesem Tag ist sogar Fahrradfahren gestattet, möglichst mit verkehrsuntauglichen Blechinstallationen, bei deren Anblick Onkel Hotte, ja unter Umständen sogar Holger Sudau in Tränen ausbrechen würde und die sich eigentlich nur von Spezialisten (»Spezis«) zur Bewegung überreden lassen. Diese Herrchen erkennt man daran, daß sie einen Birkenzweig durch die Nasenlöcher gezogen haben. Oder durch die unzähligen Löcher im Kopf, die sie einander an diesem Tag noch hauen werden.

Dann gibt es kein Halten mehr. Lautes Abgrölen obszöner Lieder, Stegreifreden mit extremistischen politischen Botschaften, betagte Umschüler, die coram publico Kondom- und Unterwäschetausch androhen und sogleich vollziehen; alles, was die Herrenmenschlein so unausstehlich macht und Feministinnen unverzüglich und völlig zu Recht an den Gebrauch von Massenvernichtungsmitteln denken läßt. Und was das Schlimmste ist: Das Akkordeon kommt zum Einsatz, anstatt es ohne örtliche Betäubung seinen Spielern in die Bauchdecken einzunähen.

Man glaubt gar nicht, wie viele Biere und Rostbratwürste in diese Unglücklichen hineinpassen. Und immer wieder werden neue Bestmarken aufgestellt. Das Münchner Oktoberfest verblaßt vor diesem ubiquitären Kollektivrausch. Am Herrentach zu sterben, gilt als höchste Kriegerehre. Aufgebahrt über einem Dialog von kristallinem Ejakulat und vergorener Kotze an zarten Wundröschen.

Die Überlebenden werden dann irgendwann von ihren Ehefrauen oder sonstigen Lebensabschnittspartnern aufgelesen, in meist würdeloser Manier heimgekarrt und halten für den Rest des Jahres ihren Rand. Hoffentlich.

Papa, wozu sind Ingenieure da?

Schwer zu sagen, Junge. In der einschlägigen Literatur wird euphemistisch von einem »wissenschaftlich ausgebildeten Techniker« gesprochen. Selbstverständlich gibt es nicht *den* Ingenieur. Seine Erscheinungsformen sind heterogen: Als Architekt, Bauingenieur, Bergbauingenieur, Holz-, Hütten-, Raumfahrtingenieur, als Kunststoff-, Schiffbau- oder Vermessungsingenieur haben ihn Generationen kennen- und fürchtengelernt. Der Begriff Ingenieur leitet sich vom französischen Ingénieur ab, was soviel wie Kriegsbaumeister bedeutet. Befürworter des Berufsstandes verweisen frech auf das lateinische ingenium. Das mag etymologisch seine Bewandtnis haben, in allen anderen Beziehungen stimmt das nicht und nie und nirgends, denn Scharfsinn und Genie verbindet nicht einmal der Köhlerglaube mit dieser Pseudoakademikerkaste, die Briten gar sehen im Ingenieur einen reinen Maschinen- beziehungsweise Motorenmenschen.

Das Negativimage kommt nicht von ungefähr. Eigentlich wurden Ingenieure früher nur im Krieg gebraucht; in Friedenszeiten trieben sie sich »nutzlos herum und verlotterten in Mengen« (Franz Kafka). Naseweisheit und Achtmalklugheit durchziehen als eitrige Fäden die Historie der Ingenieurwissenschaften. Die alten Chinesen waren die ersten, die sich zu helfen wußten: Versagten die »Kriegsbaumeister« bei Belagerungen, war ihr Kriegsgerät gefährlicher für die eigenen Truppen als für den Gegner, mußten sich die Verantwortlichen selbst die Kehle durchschneiden.

»Der Ingenieur von einst war ein typischer Einzelkämpfer, der von seiner Umwelt oft als armer Irrer, wenn nicht sogar als gemeingefährliches Subjekt angesehen wurde«, räumt daher auch Kurt Weichler ein, doch nur um ein paar Zeilen weiter in seiner Werbefibel *Arbeitsfeld Technik. Der Schlüssel zu den Ingenieurwissenschaften* (Rowohlt, 1989) prahlerisch allen Unentschlossenen Stahlbeton und Spritzasbest ums Maul zu schmieren. »Nach Ihnen lecken Arbeitgeber sich die Finger!«

Welche sind die Grundanforderungen an alle Ingenieurberufe? »Technisches Verständnis und Fachwissen heißen die Grundanforderungen an alle Ingenieurberufe. Aber wer die Basisvoraussetzungen erfüllt, ist damit nicht zwangsläufig schon ein guter Ingenieur. Dafür braucht es schon ein bißchen mehr, denn Fachidioten gibt es im Berufsstand der Ingenieure genug.« Und wie sieht der ideale Bewerber aus? »Der ›ideale‹ Bewerber hat die 30 noch nicht überschritten, blickt auf ein durchschnittlich langes, zielgerichtetes Studium zurück, kann eine Berufsausbildung oder diverse Praktika vorweisen, hat bis zu zwei Semester im Ausland studiert, spricht fließend Deutsch, kann sich aber auch noch in einer weiteren Fremdsprache verständigen, sein Diplom hat er mindestens mit ›befriedigend‹ abgeschlossen und die Diplomarbeit in einem Thema geschrieben, das einen praktischen Wert besitzt.« So gesehen ist der Aufstieg zum Bereichsleiter oder Sturmbannführer nur eine Frage der Zeit. »Man wagt über solche Herren kaum ein bestimmtes Urteil abzugeben.« (Franz Kafka)

Daß wir noch nicht von einer wahren Ingenieursflut ersäuft wurden, liegt zum Gutteil daran, daß den Bewerbern noch massig Bewerbungsfehler unterlaufen. Keine klare Berufsvorstellung und Gleichgültigkeit liegen mit 7 % ziemlich abgeschlagen weit hinten, orthographische Fehler mit 5 % noch weiter hinten. Spitzenreiter mit 23 % sind die nicht vollständigen Bewerbungsunterlagen. Am häufigsten fehlt das Paßbild. Also, Sportsfreunde: nix Kartoffeldruck oder alte Fahndungsfotos! Und die Bewerbungstermine am 15.01. und 15.07. nicht vergessen!

Bohren, Hämmern, Klopfen

Ein Streifzug über die 50. Internationale Handwerksmesse 1998

Die Schaltzentrale des international organisierten Gewohnheitsverbrechens sitzt auf einem Messegelände nahe München, und keiner schreitet ein. Statt den beliebten Münchner Kessel wieder aufleben zu lassen, Personenkontrollen oder wenigstens Massenerschießungen vorzunehmen, wird aber auch gar nichts unternommen. Groß angelegte Entwaffnungsaktionen: Fehlanzeige. Wo bleiben die Friedensbewegten, wo die Feministen, die Antifas, die Staatsschützer, wo bleibt die GSG 9?

Die Bezeichnung »50. Internationale Handwerksmesse« ist beileibe kein Tarnname für dieses periodisch wiederkehrende Happening, sondern verweist auf die globale Vernetzung eines absonderlichen Menschenschlages im teuflischen Kreislauf handwerklicher Betätigung. Maurer, Heizungsmonteure, Tischler, Klempner, Hörgeräte-Akustiker, Seifensieder, 3sat-Redakteure, Besenbinder, Kfz-

Mechaniker, Bastler und Heimwerker laufen frei herum. Handybenutzer, die die ästhetische Vollkommenheit eines geschlossenen Mundes nie begreifen, nie auch nur erahnen würden. Gewaltbereite Rentnergangs rekrutieren invalidisierte Ofensetzer und schwerhörige Orgelbauer, um dem Willen zum Krach Genüge zu tun. Ingenieure treiben Unzucht mit Abhängigen. Ordinäre Handwerksmeister dürfen sich ungeniert vor laufenden Kameras an wehr- und willenlosen Gesellen und Werkstoffen vergehen, dürfen sich mit »solider Verarbeitung und originellen Ideen«, »Innovationen«, »kreativen Lösungsansätzen«, »dynamischen Entwicklungen« und immer wieder »Innovativem« brüsten. Menschenverachtende Versuchsreihen unvorstellbaren Ausmaßes, wohin das tränenüberflutete Auge reicht: ein »intelligentes Haus« mit zentralem Staubsaugersystem und Sprachsteuerung, die Hebebühne »Jumbo-Lift«, Stühle aus Papier, Blumen aus kandierten Schrauben, höllisch perfektionierte Massenvernichtungswaffen, i.e. Werkzeuge, dreimal abgesägt und immer noch zu kurz, ein einziges Bohren, Hämmern und Klopfen, präsentiert im Stil von Home Order Television, moderiert von Monica Stiehl und Peter Fraas.

München – die Hauptstadt der Bewegung. Wir wußten es schon immer. Schamlos offenbaren sich gerade in der Alpenrepublik die widerwärtigsten Verstrickungen von Kriminalität und Politik: Die extraordinären Leistungen auf diesem Gebiet werden sogar mit einem »Bayerischen Staatspreis« dekoriert. Da fragen wir uns doch ehrlich, wo das noch hinführen soll: Wo soll das noch hinführen? Richtig! In eine Welt am Abgrund, eine von mafiotischen Strukturen geleimte und gelähmte Gesellschaft, die sich im »Stranglehold« (Ted Nugent) einer parasitären Kaste ihren finalen Zuckungen entgegenwindet.

Und wir haben ein weiteres Mal tatenlos zugeschaut.

Demontagebuch

Zehn schlimme Tage

5. Februar. Eine schwer stuhlverhaltensauffällige Brut dröhnt Punkt 6.32 Uhr gegen die Wohnungstür, harsch Einlaß begehrend, Hab und Gut bedrohend und sich auf Befragen via Briefschlitz bierdunstig als *Handwerker* ausgebend. In der Zwischenzeit machen sie mit Bohren und Klopfen, Hämmern und Hauen das Haus sturmreif. Bis acht Uhr durchgehalten. – Ab Nachmittag Wohnungstür unbrauchbar – die Löcher in Küche und Bad sind viel praktischer. Der Vermieter hat mir Ölradiatoren versprochen. WC befindet sich im Keller hinter einer Lattentür. Sehr günstig: Alle sehen gleich, ob besetzt ist oder nicht.

6. Februar. In der Waschküche einen Unterstand eingerichtet. Zum Umkleiden, und weil sich nebenan die einzige Wasserstelle im Haus befindet – ein defektes Fallrohr. Der Fußboden ist jetzt auch futsch. Nicht weiter schlimm: Kann Laufbretter über die zahlreichen Ölreaktoren legen, die die Innentemperaturen über Null halten sollen. Angeborene Liebe zur Kreatur läßt mich schnell mit der Flut schutzsuchender Nagetiere einig werden.

8. Februar. Ab heute kein Strom mehr. Von Freunden Schüssel geborgt, mit der man Regenwasser auffangen könnte. Leider schneit es diese Woche unausgesetzt. Aus den Fensterrahmen, die sie überall herausreißen, ein gemütliches Feuer im vormaligen Wohnzimmer gemacht. Zum Auftauen von mehr als einem Bier reicht die Glut aber nicht. Gottlob im Scherbenschutt, der das Haus bereits bierkastenhoch überragt, einen Splitter vom Spiegel gefunden – Rasieren wäre also möglich. Besser noch wären zwei Splitter: einer fürs Hineinschauen und einer fürs Schaben.

9. Februar. Zum ersten Mal seit Silvester das Haus nicht wiedergefunden. Standortvergleiche, Kurvendiskussionen, ohne Erfolg. Erst das Flaschendrehen bringt zumutbare Ergebnisse. Abends gierig am Biereis gelutscht und der Tage gedacht, als ich noch nicht wußte, was *Handwerker* sind.

12. Februar. Heute aus ohnmächtiger Wut Feuerzeug zum Rasieren genommen. Ist zwar unangenehmer, dafür gründlicher. Zwei volltrunkene Maurer mit Bierdeckelkunststück und Absingen monotoner Acidhouseweisen hypnotisiert und fix eingemauert. Für marodierende Heizungsmonteure vergiftete Bierköder als Fallen aufgestellt. Mit Erfolg. Ihr erbärmliches Grölen bereits im Abklingen befindlich. Um das Bett Folien gespannt. Es soll schließlich nicht überall Schnee liegen. Der erwünschte Frühbeeteffekt bleibt allerdings aus. Es sieht mittlerweile in der Wohnung aus, als hätte ich die *Handwerker.*

13. Februar. Fünf Klempner mit vollen Warsteinerflaschen beschwert im Fluß versenkt, der das Haus bei Tauwetter lieblich umspült. Trotzdem werden es immer mehr. Zu dumm, einen Eimer Wasser umzuhauen! Die saufen ihn lieber aus. Aber morgen kommt Herr Henschel, der lustige Rotgardistenbluter. Dann wird alles besser.

14. Februar. Die Metzgerei mit sauber ausgebeinten Handwerkergliedmaßen floriert, das Rotgardistenhalbblut Henschel immer treu an meiner Seite. Außerdem haben wir ja noch die Ölgladiatoren. Alles, alles wird gut.

[*nach Diktat eingeliefert*]

Dank an Claudia Aldenhoven, Heiko Arntz, Holger Becker, Hartmut Berlin, Matthias Biskupek, Klaus Bittermann, Björn Blaschke, Catrin Boldebuck, Holger Dewitz, Wiglaf Droste, Tilo Eckardt, Eugen Egner, Susanne Fischer, Nils Folckers, Achim Frenz, Gerald Fricke, Kerstin Gleba, Christian Groß, Rüdiger Grothues, Thomas Gsella, Irmtraud Gutschke, Barbara Häusler, Gerhard Henschel, Wolfgang Hertel, Marit Hofmann, Gudrun Hölz, Ernst Kahl, Matthias Kamann, Wolf Kampmann, Hans Kantereit, Vincent Klink, Hans Hermann Kotte, Harald Lippert, Conny Lösch, Christof Meueler, Rainer Moritz, Patrick Niemeyer, Renate Rammelt, Bernd Rauschenbach, Lars Reichardt, Michael Ringel, Stefan Ripplinger, Carola Rönneburg, Jürgen Roth, Heike Runge, Michael Sailer, Bert Sander, Andreas Sandmann, Frank Schäfer, Uwe Schleifenbaum, Christian Schmidt, Oliver Maria Schmitt, Wolfgang Schneider, Arnold Schölzel, Corinna Schöps, Christoph Schultheis, Olaf Schulze, Wolfgang Seidel, Bettina Seipp, Otto Solms, Martin Sonneborn, Jutta Stössinger, Gerhard Strunz, Horst Tomayer, Reinhard Ulbrich, Rüdiger Wartusch, Tanja Weber, Matthias Wehrhahn, Fritz Weigle, Rayk Wieland, Günther Willen, Tom Wolf und Hans Zippert. Jemand vergessen?

Der Ministrantenpräsident, **www.pausenclown.spd**, **Amazonendichter**, **Gottesbeweise**, **Vorsicht, One-Liner!**, **Bussi für Brussig**, **Brüsewitze**, **Der Neue Sachsenspiegel**, **Messners größtes Abenteuer**, **Riesengroßer Quatsch** wurden in der Zeitschrift *Titanic*, **Einmal nach den Rechten sehen** wurde zuerst unter dem Titel »Odins bekennende Büchsen« gemeinsam mit Thomas Gsella in *Titanic*, als endgültige Fassung solo in der Tageszeitung *junge Welt* veröffentlicht. **Anno Domini**, **Kaffee, Tabak, Rollschinken**, **Unser größter Einfalzpinsel**, **Liehber Wühltischhardrock**, **Let there be Schmock**, **Blinder Passagier** sind zuerst in der Zeitschrift *Konkret*, **Häusliche Hölle** ist in *Konkret* und *Jahrbuch Fernsehen 1997/1998* (Adolf Grimme Institut, Marl 1998) erschienen. **Bei grünen Stars zu Haus Vol. I–V**, **Ein bißchen verlegen** und **Facts & Feelings** waren Beiträge für die Zeitschrift *Eulenspiegel*. **Demontagebuch** druckte erstmals die Zeitschrift *Kowalski*. **Organisiertes Erbrechen** wurde für den *Rolling Stone* geschrieben, allerdings auf Betreiben der im Text gefeatureten Vierfarbanzeigenkunden nicht gedruckt. Eine astreine Erstveröffentlichung also. **Postpossenglosse** war zuerst in der *Frankfurter Rundschau* zu lesen. **Das war nicht mehr mein Kevin!**, **Kriege anderswo**, **Der Tschech' wird frech**, **Superheiße Abschiebetips für Otto Schily**, **Der Gleichschalterbeamte**, **The making of Rock Fart**, **Maßgaben der Unterhaltungskunst**, **Zivilisationsschutt**, **Heidemond von hinten**, **Wider das Grillen**, **Planet Käseecke**, **Schnitzeljagd in Franken**, **Qualmige Butterhüte**, **Papa, wozu sind Ingenieure da?** und **Bohren, Hämmern, Klopfen** kennen Sie als Glossen oder Kolumnen für »die wahrheit«- und die »flimmern und rauschen«-Seite der *tageszeitung*. **Die Ritter vom Zeitgeist** ist die notwendige Zusammenlegung zweier Beiträge für *Konkret* und *die tageszeitung*. **Heftchen gekauft**, **Orte, die man meiden sollte**, **Kostümfest für Plattensammler**, **Ganz und gar nicht flot-**

ter Dreier, **So viel Lust zu kleben**, **In bed with Madonna**, **Big J.**, **Die Buttersemmel** und **Herrentach** sind Originale aus der Tageszeitung *junge Welt*. **Sag's mit Blüm**, **Aufgespießt** und **Das Regime Hildebrandt** wurden für *Klaus Bittermann (Hrsg.): Warum sachlich, wenn's auch persönlich geht. Das Who's who der peinlichen Personen* (Edition Tiamat, Berlin 1997 und 1998), **Geld allein macht auch nicht unglücklich** für *Jürgen Roth/Klaus Bittermann (Hrsg.): Sorge dich nicht, lese! Siebenunddreißig Glossen gegen den Bestseller* (Edition Tiamat, Berlin 1997), **Strictly andersrum** für *Jürgen Roth/Klaus Bittermann (Hrsg.): Journalismus als Eiertanz. Zweiundfünfzig Meditationen über die Presse* (Edition Tiamat, Berlin 1999) und **Diskursmassenträgheit** für *Jürgen Roth/Klaus Bittermann (Hrsg.): Das große Rhabarbern. Neununddreißig Fallstudien über die Talkshow* (Edition Tiamat, Berlin 1996) verfaßt. **Du sollst lügen!** war in seinem ersten Leben Gastbeitrag für *Jürgen Roth/Kay Sokolowsky: Lügner, Fälscher, Lumpenhunde. Eine Geschichte des Betrugs* (Reclam Leipzig 2000).

Mit farbigen Bildern, Texten und Versen von Ernst Kahl

176 Seiten im Format 23 x 24 cm, gebunden Erschienen bei Kein & Aber, Zürich

ISBN 3-0369-5201-2
DM 69,–, öS 518,–, SFr. 69,–

Luxusausgabe mit signiertem Sonderdruck
ISBN 3-0369-5201-2
DM 198,–, öS 1485,–, SFr. 198,–

Ernst Kahls Tafelspitzen

Kulinarische Pannen und andere Delikatessen

Himbeergeist im schottischen Schloß, ein eitles Ei vorm Spiegel, Blutorangen in Transsilvanien – dieses Buch dokumentiert eine Reise in einen bislang unbekannten kulinarischen Kosmos.

Wie kommen Engel in Teufels Küche? Was macht der Wodka auf dem Eis? Womit erntet der Gärtner Erdbären? Fragen, die neben vielen anderen von Ernst Kahl mit fantasievoll gespickten Texten und scharf gewürzten Bildern schonungslos beantwortet werden.
Nicht nur für Gourmets eine Offenbarung!